YOUNG AGE小說鮮視界！

YA!

青春滿點！活力滿載！好看滿分！

未來都市 NO.6 #3

淺野敦子—著

SIBYL—圖　珂辰—譯

目錄

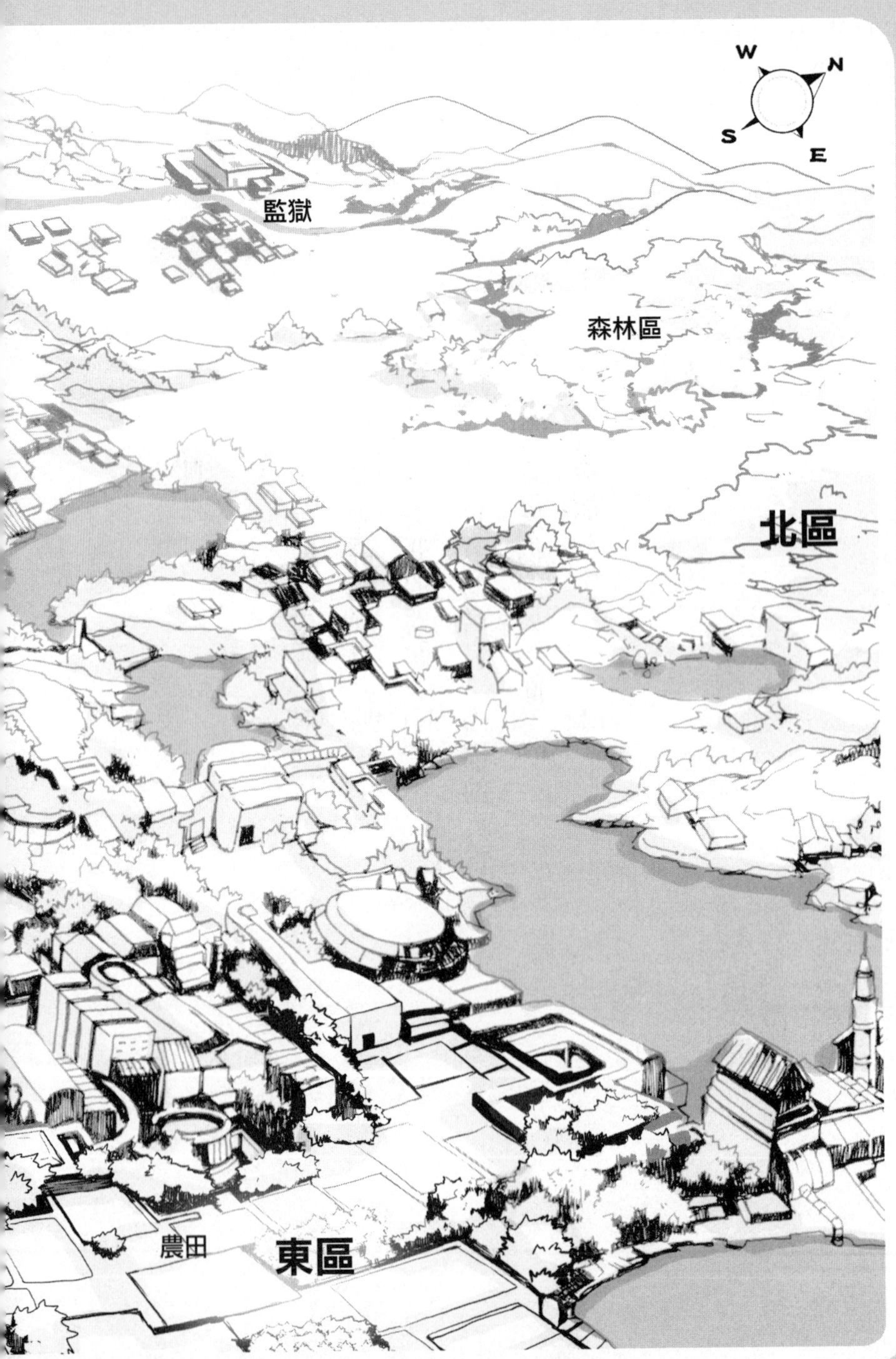
W
N
S
E
監獄
森林區
北區
農田
東區

NO.6 平面圖

人物介紹

紫苑

兩歲時被NO.6市政府認定「智能」屬於最高層次，便和母親火藍住在「克洛諾斯」裡，接受最完善的教育與生活照顧。十二歲生日那天，紫苑因為窩藏VC而被剝奪了所有的特殊權利，淪為公園的管理員。後來，紫苑在公園中發現因殺人寄生蜂而出現的屍體，竟因此被治安局誣陷為兇手，在千鈞一髮之際被老鼠所救。沒想到，紫苑的體內也遭到不明蜜蜂的寄生，差點命喪黃泉。熬過死亡大關的紫苑，所有的頭髮都變白了，身體上也出現一條纏繞全身、如紅蛇般的痕跡。

老鼠

真實姓名不詳，有著如老鼠般的灰眼珠。十二歲的時候因為不明原因，從外面被運送進NO.6裡，還被冠上「VC」——重大犯罪者的身分。受了槍傷的老鼠，逃進少年紫苑的房間裡，也開啟了兩人四年後重逢的緣分。當紫苑因為寄生蜂事件，被治安局誣陷為殺人兇手時，老鼠出手救了紫苑，並將他帶到自己居住的西區，還陪伴紫苑熬過了寄生蜂入侵體內的生死關頭。

火藍
紫苑的母親，跟紫苑一起被趕出「克洛諾斯」之後，在下城的某個角落，開了一家手工麵包店。雖然是只有一個展示櫃的小店面，但是從早到晚都飄著麵包的香味，很多人因此被吸引而來，生意滿好的。
沙布
兩歲時，智能被認定為最高層次，在十歲之前是跟紫苑在同一間教室學習的同學，一直到十六歲仍跟紫苑來往密切。主修生理學，已經被市政府選為交換留學生，到其他都市去進修。
力河
前《拉其公寓》（報紙名）的記者，現在在西區以發行不良的黃色書刊和為NO.6高官找樂子為業。曾經歷過NO.6初創建的時期，並知道許多不為人知的黑暗內幕。力河與紫苑的母親火藍是舊識，年輕的時候曾經非常喜歡火藍。

火藍&立克

老鼠家附近的孩子,是一對姊弟。因為家裡非常貧窮,常常吃不飽,而紫苑因為火藍與母親同名,所以對她很有親切感,表示有空時願意讀故事給火藍還有其他小孩子聽。

楊眠

小女孩莉莉的舅舅。外表上看起來,他是一個身材瘦高、長相平凡的中年男子,但其實對於NO.6,內心藏有諸多不滿和憤恨。在一個偶然的機會下,曾出手救了紫苑的母親火藍一命。

借狗人

個子矮小,擁有一頭長到腰際的黑髮,經營西區內一間殘破的舊飯店,以出借狗給投宿的人取暖為主業;因為聽得懂動物的語言,所以也利用狗到處打探情報,並將情報販賣給需要的人。

I 美麗的東西

來吧，到裡面來，假裝不知情地欺瞞眾人吧！虛偽之心的企圖，只能隱藏在虛偽的表情下。

（《馬克白》，第一幕第七場，福田恆存譯，新潮文庫）

湛藍的天空明亮無比。
太陽即將高掛，照射下來的光線無比柔和又溫暖。
真是風和日麗的午間時分，前幾天的冰冷彷彿虛幻一般。
紫苑瞇著眼睛仰望藍天。
真美，他想。
天空好美。
白色的瓦礫在陽光下閃耀，好美。

如同魔法般不時從肥皂泡沫中浮起的泡泡，好美。

洗好的狗毛光澤滑順，好美。

現在身旁毫不起眼的東西，都好美。紫苑這麼覺得。

又有一個泡泡輕輕地飄了上來，隨風而逝。

「喂！手別停！」

借狗人的聲音突然冒了出來。

「等著洗的狗還很多，你再發呆下去，洗不到一半就天黑了啦。」

彷彿呼應借狗人的斥責一般，全身泡泡的白色大狗發出嗚嗚的低沉催促聲。

「啊，抱歉。」

紫苑將手插進泡沫中，豎起手指仔細清洗。

也許是太舒服了，狗的眼睛幾乎要閉了起來，嘴角也放鬆了。

洗狗的工作到今天才第二天，不過就這麼短短的兩天，紫苑已經發現狗的表情真的很豐富：討厭麻煩、勤奮、神經質、慵懶、穩健、急性子、得意忘形……每隻狗的個性不同，性情也不同。這也是他現在才知道的事情。

現在洗的這隻白狗應該是隻老母狗，個性溫和又聰明，很像故事裡常會出現的智慧老婆婆。

「紫苑，你洗得太仔細了，洗一隻花了幾十分鐘。」

將長髮束在後頭的借狗人，皺起他那張鼻頭沾著泡泡的臉。

「這不是要借給客人當棉被的狗嗎？當然要洗乾淨點。」

「隨便洗就可以了啦，反正會來我這裡住的客人，全都是一些像野狗一樣髒兮兮的傢伙。」

借狗人將崩毀後、形同廢墟的建築物，整理出勉強還留有昔日飯店風貌的部分地方，當作住宿設施借給無家可歸的人，還為了即將到來的寒冬，準備狗出租。來住宿的人就埋在幾隻狗當中度過一夜，勉強逃過凍死的命運。

而紫苑就是受雇來替出租用的狗洗澡。

「借狗人，我覺得你這麼說客人不太好。」

「啊？你說什麼？」

「你說客人什麼髒兮兮，什麼傢伙的，不太好哦。」

借狗人用手背擦了擦鼻頭，打了一個小噴嚏。

「你是我媽嗎，紫苑？」

「不，我只是受雇來洗狗的而已。」

「那麼，我是雇主，你是員工。你就照我說的去做就行了。」

借狗人就像用搶的一樣，從紫苑手中把狗扯過來，開始用從河川打來的水用力沖洗著狗。

廢墟後方有一條清澈的小河流。從神聖都市NO.6逃到這個西區後沒多久，紫苑就因為體內的寄生蜂差點死掉。

當時，他因為劇烈疼痛跟高燒，幾乎沒有意識，不過卻清楚記得幾度滑過喉嚨的水有多冰涼、多好喝。因為就是那麼地冰涼好喝。

當紫苑想要向給他水喝，並替他治療的老鼠道謝時，卻只得到老鼠粗魯的回答：「只不過因為附近有水源罷了。」

也許，這條河也是從那裡流下來的。

「借狗人，不能這樣。肥皂全流進河裡了。」

紫苑急忙壓住借狗人的手。

肥皂泡泡漂浮在水面上，不斷遠去。

「那又怎麼樣？」

「這條河是大家的飲用水，不是嗎？」

「應該是吧。這裡可沒有那種先進設備，按個按鍵，就有經過溫度調節跟殺菌處理過的水流出來，大家都是直接從河川或水源打水來喝。」

「那我們就不應該污染它，會造成下游的困擾。」
借狗人盯著紫苑看了一會兒。
「下游的傢伙跟我有什麼關係？」
「關係……既然知道下游的人會喝，就不能污染它。這不是理所當然的嗎？」
「理所當然？你在講哪裡啊？這裡可是西區！要是什麼都考慮別人，就別想在這裡混下去啦。」
「可是，也不需要明知故犯啊！我們像昨天那樣，把水打到鐵桶裡洗就好了嘛。」
「昨天洗的是小型犬，今天全都很龐大，而且數量又多，每一隻都要打水，太累了。」
說完後，借狗人輕輕聳聳肩。
「如果你要一個人從河那邊打水來的話，我也不會妨礙你。」
「好……就這麼辦。」
「很辛苦哦。」
「嗯。」
「先說好，我只付洗狗的錢，打水的事是你自己愛做的哦。」

「沒關係。」

「好，那就動作快。我去吃午飯了。」

白狗抖動身體，水滴濺得四處都是。

紫苑接過借狗人丟過來的水桶，從河裡打了一桶水回來。

「紫苑。」

「嗯？」

「為什麼？」

「什麼為什麼？」

「為什麼不能講客人的壞話？為什麼要管下游的死活？」

紫苑抬頭望著坐在瓦礫堆上的借狗人的茶褐色頭髮。

「因為我們都一樣啊。」

「一樣？」

「我們都是一樣的人啊。既然如此……」

借狗人突然仰天狂笑，聲音直接消失在蔚藍的天際。有幾隻狗膽怯地嗚嗚叫。

「一樣的人……哈哈，太好笑了！我第一次聽到有人這麼說。紫苑，你真的這樣認為？」

「真的啊！」

借狗人從瓦礫堆上跳下來，站在紫苑面前。他的體型矮小，身高只到紫苑的肩膀左右。黑色衣服裡露出的手腳都很細，皮膚則像是茶褐色的軟皮革。

「骯髒的客人、來打水的小鬼跟我們都是一樣的人？」

「對。」

「你跟我是一樣的人？」

「對。」

借狗人的手飛快地舉起，指著高掛的太陽。

「NO.6的居民跟我們也是一樣的人？」

紫苑慢慢地點頭，回答說：「對。」

光滑的茶褐色肌膚反射光線，長長劉海的影子蓋住借狗人的額頭一直到眼睛附近。一雙同樣是茶褐色的眼眸，就在影子下眨眼。

「紫苑，你會死。」

「什麼？」

「你如果真的有那麼天真的想法，你在這裡會活不下去。」

「老鼠也常說這種話，他老說我太天真了。」

「你已經不是一個『太』字可以形容。你所說的話，根本就像砂糖做成的糖果屋。雖然我沒吃過也沒看過砂糖，不過應該非常甜，一澆水就融化了吧。」

「我是沒澆過水，不過確實是非常甜。」

借狗人再度輕鬆地跳上瓦礫堆，坐在蔚藍的天空下。他搖晃著雙腳，像是自言自語般說著。

「老鼠為何會忍受你呢？他應該最討厭只會空口說夢話的人才對啊。」

「借狗人，你跟老鼠很熟嗎？」

「熟？你是指什麼意思？」

紫苑提著水桶，爬上枯草與瓦礫的路，將水倒進鐵桶裡。

「就是熟知彼此的事的意思。」

「如果是那個意思的話，不熟。老鼠的事情我知道的比那傢伙的尾巴尖還少，我對他沒興趣。」

借狗人指著在紫苑腳邊嬉戲的淡茶色小狗。小狗的尾巴尖有些許白色。

「我以為你們是朋友……」

「朋友！又是我不常聽到的字眼。朋友！哈！可笑。老鼠只有在需要我的狗蒐集到的情報時，才會來這裡。我則是把情報賣給他。只有這樣，沒別的……」

借狗人閉起了嘴巴，視線飄移，一對上紫苑的視線，馬上撇開。

「不光只有情報跟金錢的交換？」

「對……偶爾我會請他來唱歌。」

「唱歌？」

「那傢伙有副好歌喉。所以……我請他來唱歌。在狗要死的時候……早上起來就已經死掉的狗還好，有些狗會因為疾病或受傷而奄奄一息……那非常痛苦。一整晚痛苦不堪，哀號個不停。這時候，我就會請他來唱歌。我不知道他唱的是什麼歌，但是，只要他一唱歌……該怎麼說呢……」

「像什麼？」

「什麼？」

「老鼠的歌，老鼠的聲音。如果比喻的話，像什麼呢？」

借狗人歪著頭，陷入沉默。

紫苑也默默地打水，多次往返於河川跟鐵桶之間。

就在水積滿半桶以上時，借狗人開口了。

「也許像……風。從遠方吹來的風……對，他的歌聲能帶走死不了、還在痛苦掙扎的靈魂。就像風會吹散花一樣，他能讓魂魄跟身體切離。不管多痛苦的狗，都會閉上眼睛，安靜下來。本來以為只是安靜下來而已，沒想到已經斷氣了。一直持續到前一刻的痛苦，都彷彿虛假一般，安詳地死去……我媽死的時候也是一樣。」

「伯母去世了嗎？」

「對。被那些你說水弄髒就會困擾的下游的小鬼打死的。他們拿石頭丟她、拿橡木棒打她。不過我媽也有不對，她企圖偷那些小鬼僅有的一點點晚餐。就在她偷偷潛入小屋，咬起一塊肉乾時，被發現了。她逃回這裡時，前腳跟肋骨都斷了，滿嘴都是血，已經無藥可救了。」

終於打好鐵桶裡的水，紫苑擦了擦額頭的汗水。

他無法理解借狗人說的話。

「借狗人，你說前腳……不是在說你母親嗎？」

「是啊，不過她是一條狗。」

「狗？」

他知道自己張著嘴巴呆住了。

看到紫苑的表情，借狗人大笑。

「我還是嬰兒的時候，被丟棄在這個地方。撿到我的爺爺是在這裡跟狗一起生活的怪人，他把我跟狗一起養大。我媽給我奶水喝；她舔我，讓我跟她一起睡；天冷的時候，會跟兄弟姊妹們……我媽的兒女，一起暖和我。她總是對我說，你全身沒毛，真可憐，但是夏天很涼，也不怕有跳蚤。她總是一邊對我說，一邊把我舔得乾乾淨淨。」

「真是個好媽媽，溫柔又慈祥。」

借狗人的眼睛眨了好幾下。

「你那麼認為嗎，紫苑？」

「是啊，她很疼你，一心一意保護沒有毛的你，讓你不會受寒。」

「嗯，她真的是很慈祥的媽媽，我到現在還記得她舌頭的觸感，溫熱又潮濕……好不可思議，我怎麼也都還記得。」

「記憶的禮物吧。」

「什麼？」

「母親送給兒子的記憶的禮物。那是你母親留給你的回憶吧。」

借狗人停下搖晃的腳，低頭看。

「我從沒那樣想過……記憶的禮物嗎……」

紫苑跪在河邊，掬起一口水喝。

好冰。

好喝到彷彿能滲透人心。

啊啊，果然是這裡的水。

與寄生蜂奮戰後，就像奇蹟一般滲入疲憊不堪的肉體裡的水。

不，不光是肉體，當從心底感受到流入喉嚨的水有多麼好喝時，紫苑的所有感覺都甦醒了。他這麼深信。

會活下來，都是因為這個水。

這麼冰涼、這麼好喝，都是因為那一聲聲「別死！活下去！爬起來！」的呼喚。

所以，紫苑一輩子都會記得，絕對忘不掉。

這個水跟那個聲音已經在他的心靈深處扎根，永遠不會消失地存在著。而且會不時地浮現在意識的表層，輕聲呢喃。

別死！活下去！爬起來！

這正是記憶的禮物。

「我去拿午餐給你。」

借狗人站在瓦礫堆上，以命令的口吻說。

「在我回來之前，洗乾淨那隻黑狗，沒洗完就沒午餐吃。」

「還有午餐吃，太感謝了。」

「特別替你留的套餐，雖然只有麵包跟乾果。」

「足夠了。」

紫苑一邊刷著黑狗的毛，一邊對借狗人展露笑容。

自從逃到西區來之後，紫苑開始有慢性空腹感。

他會渴望能有用一大堆肉、魚、蛋烹調的料理，來填飽肚子，也懷念母親火藍烘焙的麵包及蛋糕。

但是另一方面，他也會對著住在NO.6裡面時，根本不認為是食物的青菜碎片煮的湯，或是發霉的麵包流口水，滿足食慾。

有得吃就很好了。

在這個地方，大家都飢餓。又餓又冷地死去。紫苑也清楚借狗人要拿來給自己吃的一片麵包，是如何珍貴。

紫苑望向藍天，太陽好刺眼。

這道陽光同樣也照射在NO.6。不論曾是紫苑工作場所的森林公園、高級住宅區「克洛諾斯」、母親居住的傳統商業區下城，或是這裡——西區，全都沐浴在同一道陽光下。

然而，命運卻大不同。相差太多了。

特殊金屬牆隔開的兩邊是繁榮與貧困、生與死、光明與黑暗。

當神聖都市NO.6裡面舉辦著豪華派對，人們享用著精心烹調的各種佳餚時，西區的一角，衣衫襤褸的老人正因為飢餓而死亡。

NO.6的孩子們在室內環境管理調節完善的房間裡，舒適地躺在床上睡覺時，西區簡陋的棚屋裡，一群孩子正為了不被凍死而窩在一起。

這就是紫苑看到的現實。像陽光一樣平等分配的東西實在太少了。

「認真工作！」

借狗人丟下這句話後，就消失在瓦礫堆的暗處。

原本似乎有一道厚重木門的出入口，只剩下生鏽的合葉，風一吹就會發出很難聽的嘎吱聲。

借狗人從那邊走上樓梯，爬到二樓。

不知道是否在結構上有特殊考量，以前曾是飯店的這棟建築物，有一角建造得特別堅固。

雖說如此，牆壁上的灰泥也已經斑駁剝落，走廊也好，天花板也好，都已經有無數條裂痕。

建築物也有壽命。

從被拋棄的那一刻起，建築物就開始靜靜地腐朽、死去。形同廢墟的飯店不怨恨人類的無情，也不感嘆自己的命運，只是很淡泊地崩毀著、腐朽著，等待滅亡，接受緩慢的死亡。

如果這棟建築物崩毀、完全變成廢墟時，我該怎麼辦呢？借狗人偶爾會這麼想。

撿回自己，讓自己喝狗奶，教導自己文字跟語言的老人已經不在了。某個下雪天，他閒著無事便外出，結果一去不復返。

下雪？好像不是。也許是個打雷天，還是吹著乾燥的風的早晨呢？反正爺爺已經不在了，連一句道別的話也沒說就人間蒸發了。

因為有狗在，所以也不怎麼覺得寂寞。

從那一天起，就跟狗一起在這裡生活。不知道其他地方，也不知道其他人的事情。

老鼠也是吧。姑且不論其他地方，他應該也不知道其他人的事情，不需要知道，只是獨自一個人活著吧。

借狗人沒有任何根據就這麼認為。

雖然沒有根據，但是應該沒錯。

借狗人的嗅覺靈敏。老鼠總是散發著孤獨一個人的味道。當他嗅出混雜著他人的氣息時，紫苑出現了。

怪異的傢伙，非常異於常人。

頂著一頭純白的頭髮，還有紅色的疤痕。雖然沒看過，不過疤痕似乎像一條蛇一樣纏繞著全身。

不，如果光論外表的話，怪異的傢伙這裡多得是。他異於常人的地方，不在外表，而是內在。

他說為了下游的那些臭小鬼，不能污染河川；神聖都市裡的人跟我們都是一樣的人；還說了記憶的禮物的事。

他講得非常認真，並不是開玩笑或揶揄。

怪，太怪了。

老鼠為什麼會跟這麼怪異的傢伙在一起呢？

借狗人順著走廊前進，打開最裡面的門。

「老鼠。」

老鼠坐在椅子上，把腳蹺在桌子上。

「你進別人房間不用敲門的嗎？你媽沒教你禮貌這東西嗎？真是的！」

借狗人朝著依舊蹺在桌上的腳，用力地打下去。

老鼠用鼻子輕輕地哼笑，然後才把腳放下。

「我敲門了啊，那邊的狗允許我進來的。」

睡翻在房間角落的黑斑狗歪著頭，張開大嘴打了個哈欠。

「如果你是來接紫苑的話，來得太早了。他那個樣子啊，大概要洗到傍晚囉。」

「接他？怎麼可能。」

「那傢伙不是跟『收拾屋』有糾紛嗎？他一個人回去，不會太危險了？我是會叫一隻狗陪他回去就是了。」

「那就夠了。」

「『收拾屋』那些人可沒那麼容易罷休。那傢伙又那麼醒目，萬一被抓了，不知道那些人會做出什麼事情來唷。」

老鼠灰色的眼眸閃了閃，揚起淡淡的微笑。

「紫苑被『收拾屋』怎麼樣，跟我們有關係嗎？怎麼了，借狗人，這麼親切？

真不像你。」

借狗人無言地瞪著老鼠。

站在西區少數的娛樂設施之一——小小的劇場舞台上的老鼠，有著讓觀眾願意犧牲日常生活中為數不多的糧食，掏錢出來，只為了看那不能填飽肚子的舞台的本事。

換句話說，他有著讓人願意掏出錢來的美貌和餘音繞梁的好聲音。讓死不掉的靈魂安詳地從肉體游離的聲音。

似男忽女，似人忽妖，似神忽魔，讓人無法明確判別的容貌。

觀眾們在一夜之間、在短暫的時間裡，可以忘卻今天的苦惱、明天的憂愁，單純地沉醉。

就算一走出劇場粗糙大門的同時，已經身無分文，家中還有孩子哭鬧著肚子餓，而前方是毫無希望的現實在等待，人們還是會一臉沉醉，帶著看起來幸福的面容，三三兩兩消失在黑暗中。

這根本是欺騙。

太厲害的騙徒了，這傢伙。

每次一見到老鼠，借狗人總在心底臭罵他。

就跟毒蠍美人誆騙男人，捲走男人的家當一模一樣。借狗人也有被狠狠敲詐過的經驗。

不忍心看媽媽那麼痛苦，於是叫來這傢伙，要求他讓媽媽的靈魂能安詳地離開。

這一點沒問題。這傢伙的歌聲沒話說，讓媽媽從痛苦中解放。

但是，在這之前，在痛苦的媽媽身旁，這傢伙要求的天文數字，可是我一個月蹺著二郎腿吃喝玩樂都綽綽有餘的金額。

如果是別的狗的話，我會放棄。我會自己看是要替牠割喉，還是要敲爛牠的頭，隨便就能讓牠死。

但是，對象是媽媽就沒辦法，我沒辦法自己動手。

那傢伙就是看準這一點，才敢獅子大開口。

埋了媽媽之後，我跟狗可是工作了三天沒飯吃。

騙徒！

緊抓著人心，讓人在一瞬間看見夢想。也許鮮豔，卻是虛假。夢想終究只是夢想，填不了肚子。

借狗人打開櫥櫃的鎖，拿出麵包跟乾燥水果的袋子。

「不是來接紫苑，那你來做什麼？」
「能不能請我吃午餐？我肚子餓死了。」
「您別開玩笑了。能招待大明星的食物，我沒有。不過，如果有一枚銀幣的話，我倒可以幫你準備麵包、水果跟水。」
「發霉的麵包、硬邦邦的乾燥水果加上河裡的水，這樣要銀幣一枚，你這裡是黑店嗎，借狗人？」
「比你的歌聲便宜太多了。」
老鼠呵呵地輕聲笑了出來。
「你還在記仇？」
「當然。」
「之後我不是又幫你的狗唱了好幾次歌嗎？只拿友情價。」
「所以才讓我更生氣。利用別人的弱點……那時候你拿走我所有的錢，害我差點餓死。」
「下次再發生這種情況，就再叫我吧。我會唱食物之歌，送你最後一程。」
「謝謝你的慈悲。」
借狗人聳聳肩，站到老鼠面前，再次問他：「有何貴幹？」

老鼠依舊靠在椅背上，朝桌上丟了一枚硬幣。

借狗人的眼睛頓時張大開來。

「金幣嗎？」

「如假包換，你可以驗一驗。」

借狗人用指尖拈起金碧輝煌的硬幣凝視著。

「的確……是真的……嗯，是真的金幣。」

「我有事委託你。」

老鼠用幾乎平板的聲音說。

「工作？一枚金幣份的工作嗎？」

「那只是訂金，事成之後，我會再付你一枚。」

「真是大手筆。不過，我拒絕。」

借狗人將金幣丟回桌上。

「連聽也不聽，就拒絕兩枚金幣的工作？」

「就因為是兩枚金幣的工作，所以我拒絕。討厭的氣味太濃了。」

「討厭的氣味？」

「就是危險的氣味。我的鼻子警告我說，不要靠近，會要了我的命。給我再多金幣，命沒了也沒用。更何況是你出兩枚金幣的工作，就跟把手伸進毒蛇窩一樣。我還不想死。」

「活著回來收取報酬，這不就是工作這東西嗎？如果想要避開危險，是賺不了錢的。」

「那得看危險的程度，你委託的工作總是既危險又麻煩。兩枚金幣耶！如果對象不是你，我會很高興地接受。可惡！我怎麼覺得我損失很大。」

老鼠站了起來，將金幣收到口袋裡。

「太可惜了，不過不勉強。」

「別怨我，你實在太危險了，我不太想跟你扯上關係。」

「彼此彼此。好，我知道了，那我們就畫清界線吧。我不會再委託你工作，同樣地，你就算再怎麼痛苦，也別來找我。」

借狗人急忙抓住轉身而去的老鼠的手。

他太慌張，腳還絆到，差點跌倒。

「等、等一下啦，老鼠。再怎麼痛苦也別找你，這是什麼意思？」

「就是字面上的意思。如果有一天，你跟你媽一樣，死不了，痛苦到不行，也跟我沒關係，就算你請我來，我也不會來。」

「你在說什麼……我怎麼可能會痛苦地死去……再說，我比你年輕吧？應該。」

老鼠緩緩地撥開借狗人的手。

「借狗人，在這種地方，年齡有跟沒有一樣。我想你也很清楚，死亡是無法預期的，它會突然來報到。還有，在這裡能安樂死去的幸運兒有幾個？多數的人都是在痛苦之中徘徊，掙扎地死去，不是嗎？明天，也許你會被某個人捅一刀；也許你會被掉落的瓦礫砸中頭；也許你會因為小小的傷口細菌入侵，化膿潰爛；也許你會罹患重病。你敢說自己絕對不會遇上這些情況嗎？借狗人，你敢說只有你不會在痛苦中死亡嗎？」

灰色的眼眸凝視著。

彷彿充滿光澤的優質布料那般、彷彿遮蓋住太陽，隱約透露出些許光芒的雲層那般的眼眸。在耳朵深處回響的聲音。

借狗人深深地吸了一口氣，往後退了退。

騙徒！全都是謊言。

這傢伙企圖引誘我走入陷阱。

「就算你死不了，痛苦不堪，也跟我沒關係。就這麼決定了。」

借狗人跌坐在椅子上。

他知道什麼是死，他看過太多了。

那不是好東西，所以他才想活，總覺得只要想辦法苟活下去，就能有個比較好的死法。

雖然是個小小的希望，但是借狗人甚至嚮往過安詳的死亡。

可惡！

借狗人咬緊牙根。老鼠的雙唇再度浮現淡淡的微笑。

這是威脅。

這傢伙知道我怕什麼、想要什麼，拿這個來威脅我。

拒絕他的要求很簡單，然而，如果有一天，我像媽媽那樣，骨頭折斷、內臟破損，不得不死的時候……那時，如果沒有任何東西可以舒緩、鎮壓我的痛苦的話；如果只能哀號著快點殺了我，一直到死神來訪的話……

光想就覺得不寒而慄，冒出冷汗。

「坐！」

借狗人無力地嘟囔。

「我就先聽聽看。」

老鼠伸出戴著手套的手，撫摸借狗人的臉頰。

「這樣才乖。」

「少開玩笑！」

借狗人瞪著仍舊帶著淡淡微笑的臉。

「老鼠，我話先說在前頭，你別以為這招每次都管用！」

「哪招？我不過想委託你工作而已啊。你這樣對顧客講話，是不是有點失禮呢，借狗人？」

「抓住別人的弱點，加以威脅，強迫對方進行危險的工作。這是正常顧客會做的事嗎？跟你比起來，躲在狗毛裡的跳蚤真是太有良心了。」

「有可以讓人威脅的弱點，這是你自己不對吧？在這裡，被別人抓住弱點是致命傷，這點你很清楚啊。」

老鼠再度輕拍借狗人沉默不語的臉龐，用很輕柔的聲音對他說：

「你怕死。你比誰都怕死亡之前的痛苦，如果能逃離那樣的痛苦，你什麼都願意做。我知道這點，同時也有辦法舒緩你的痛苦。對吧？但是，我並不是要敲詐你，強迫你幫我工作，我會付錢，我只是委託你工作而已嘛。」

「夠了！」

借狗人一拳敲上桌子。本來在桌子底下嬉戲的兩隻小狗，嚇得往外逃。

「你這個騙徒、狡辯者、三流演員！你最好吃到捕老鼠專用的毒丸子，趕快死掉。」

借狗人喘著氣，用力深呼吸。

「氣消了嗎？」老鼠說。

冷靜、事不關己的口吻讓借狗人的情緒更加煩躁。但是，煩躁也沒有用。

老鼠說得沒錯，是讓別人看到弱點的人自己不對。這就是這塊土地的遊戲規則。

嘆了一口氣，借狗人重新坐下。

「你說吧，我沒有時間，長話短說。」

老鼠也坐了下來，臉上已經看不到笑容了。

「我需要情報。」

「我想也是，你也不可能來我這裡買菜。然後呢？要什麼情報？」

「監獄。」

借狗人差點跌倒。

「監獄！治安局管轄的那間……監獄嗎？」

「還有第二間嗎？」

「監獄的情報……你要哪方面的情報？」

「什麼都好，不論是多麼細微的情報都可以。」

老鼠從口袋中拿出一隻白色的小老鼠，只有成人的大拇指大小。借狗人瞇起眼睛。

「機器老鼠嗎？它比你之前送我的還小。」

老鼠拿掉手套，輕壓小老鼠的頭。小老鼠的背部張開，射出黃色光線，光線中出現影像。

「這是？」

「雷射光攝影術。讓物體藉著光線重現的機器。」

「這個我知道，不過倒是第一次看到。可是，我現在問的是影像，這是什麼？設計圖嗎？」

「監獄內部設計圖，不過是很久以前的。建築物本身應該沒有變化，但是管理系統絕對改良過。」

借狗人故意皺起眉頭，做出別開玩笑的表情。

「這不可能蒐集到任何情報。」

「為什麼？」

「為什麼？別問這種蠢事。你知道那裡是什麼地方嗎？你怎麼可能知道，連我都不知道，不可能有人知道，因為從來沒有人能從那裡生還……不，連屍體都出不來。只要通過那道特別關卡的人，就會被消滅，從這個世界上消失得無影無蹤。那裡就是這樣的地方。傳聞中……」

借狗人吞了吞口水，身體顫抖了一下。

「傳聞怎麼說？」

「傳說地下室有個超大的焚化爐，犯人全都會被丟到那裡面，就像垃圾一樣被燒掉。從那裡產生的灰燼不會當作廢棄物處理，而是會被裝袋，撒在南區的農耕地，變成肥料……你看，就是這裡。」

借狗人指著投射在桌面上的設計圖面最下層，大概是地下室的部分，身體又顫抖了一下。

那個地方一片空白，什麼也沒寫。空白一片的部分感覺很陰森。

「那裡沒有什麼焚化爐。」老鼠說。

「你怎麼能確定？你看過嗎？沒看過就別亂說話……」

借狗人講到一半停了下來，盯著老鼠的臉看。

「你……知道？」

沒有回音。

「你知道監獄裡面的事情？這個……」

借狗人的手伸進光線中，用力握緊。影像變得混亂、搖晃。

「你記錄了這個？這是內部資料吧？」

「借狗人，我並不是為了回答你的問題而付你錢的。盡量就好，請你蒐集監獄內部的情報，添加上去。如果可以的話，我想要管理警報系統的正確資料。」

「開玩笑！監獄的管理系統是特別級的機密，不是嗎？我怎麼有辦法。」

「所以我不奢求，你做得到的範圍就好。關於監獄的什麼情報都好，請你盡快幫我蒐集。這個先交給你。」

老鼠將電源關掉後，便將小老鼠形狀的放映機器丟給借狗人。

借狗人皺起眉頭，彷彿那是腐爛掉的屍體一樣。

「能用你之前送我的小型老鼠嗎？」

「不，不能用。監獄內部設置有無數個物體感應器，不管再怎麼小，只要不是登錄過的機器人，馬上就會被發現、被炸毀。」

「那你可以用真老鼠啊，老鼠比狗好入侵多了，小生命體被感應器感應到也不會有問題吧？」

「不行，沒辦法。別說老鼠了，連蒼蠅、蟑螂也會立即被消滅。牠們馬上就會被感應到，立刻被消滅得不留痕跡。反正那裡就是不允許外部的入侵，即使是一隻蟲都不可以……情況就是這樣。」

「那我該怎麼辦？我該如何潛入電腦管理一切的地方蒐集情報呢？」

「你不需要潛入。的確，監獄內部是被管理得很徹底，但是跟人有關係的地方也很多。而且，情報會外流，多半是從人的嘴巴裡講出來的。只有人的嘴巴，是電腦管理不到的。」

借狗人誇張地聳聳肩。

他大概知道老鼠想說什麼了，如果可以的話，他實在不想知道。

「那是沒錯，不管是電腦的操作或是機器人的操作，都跟人有關。看守的也是人，治安局的人員也會出入，還有犯人也全都是人啊。但是，除了犯人之外，能夠進出監獄的，就只有NO.6內部的人。要進出那道特別關卡需要ID卡，NO.6的ID卡是無法偽造的。也就是說，西區的人除非是犯人，否則不可能靠近那棟建築。也不會有人想靠近就是了。所以呢，那個……從結論來講，我們是不可能接觸到監獄內的人或是NO.6的居民，那是天方夜譚。這你也很清楚啊。我們跟他們生活在完全不同的兩個世界。」

「借狗人。」

「幹嘛？」

「你說完了嗎？」

借狗人垂下雙眼。

他知道先垂下雙眼的人就輸，但他就是沒力氣瞪視灰色的眼眸，反正一開始勝負已定。

老鼠站了起來，走到低著頭的借狗人身邊呢喃。

也許是沙啞又低沉，因此聽起來像是嫵媚的女聲。

「你總是這樣，每次想要隱藏什麼，就會突然變得很長舌。這讓我探知到你的心事。在你那如同風中搖曳的樹葉般不停晃動的舌頭底下，潛藏著秘密。」

老鼠的指尖撫摸著借狗人的下巴，突然捏住他的耳朵。

借狗人震了一下。

伴隨著甜美快感的震動，立刻變成小小的刺痛感。因為耳朵被用力拉扯。

「好痛！你幹嘛？」

「別太小看我了，借狗人。」

「你在說什麼，我沒有。」

「別裝傻。你利用狗做些什麼，我一清二楚。就是因為知道，所以我才會來找你。」

借狗人嘖了一聲，粗暴地撥開老鼠的手。

老鼠呵呵地笑得很高興。

「你利用狗搬東西吧？把監獄裡丟出來的剩飯跟垃圾，拚命搬到西區來。已經好幾年了。」

「沒錯，那又如何？搬東西是我的工作之一。跟老鼠一樣的人，沒資格說我吧？」

「監獄裡有完善的垃圾處理設備，所有的一切都能在那棟建築物裡處理掉。你剛才說過，那裡連屍體都出不來吧？沒錯，那裡連人的屍體都能在內部處理。也就是說，別說剩飯了，連一顆辣椒也不可能掉到外面來。你定期從那個監獄接收如山一般的剩飯，賣給西區的食品店，似乎賺了不少，比經營飯店好賺很多吧？」

「你看不慣我做黑市生意嗎？別笑死人了。你何時變成治安局的間諜了，老鼠？」

「機械不會做黑市生意，也不會破壞已經輸入的規則，那麼就只有人了。監獄內部有人賣剩飯給你吧？不，不光是剩飯，犯人的食物、私人用品也偷偷賣給你了吧？應該沒錯。總而言之，你可以跟監獄內部的人接觸。就從那裡打探情報吧，從那裡下手。」

借狗人搖頭。

眼前的這個男人正打算把自己捲入無法想像的危險中。

他冒出了一身冷汗。

「不可能……跟我接觸的人是基層裡的最基層，是負責清掃工作或是跟處理垃圾的機器人一起工作的人，他們不可能知道什麼情報。」

「所以我才找你。高層的人受到當局嚴格管理，絕對不敢做洩漏秘密的事情。但如果是基層的人，當局的管理也沒那麼嚴格，而且，負責清掃的話，不就能在監獄裡到處走動？也許手上握有不少情報。嗅出那個來，你的嗅覺不是跟狗一樣靈敏嗎？」

借狗人嘆了口氣，試圖做最後的抵抗。

「要錢。如果想從他們口中探聽到什麼的話，需要錢，不是兩枚金幣就辦得到的。」

「我現在只有這些。」

突然，老鼠蹲了下來，凝視著借狗人的眼睛。

「借狗人，請幫助我，拜託。」

拜託？你說拜託……

老鼠，你在拜託我嗎？

「只要你肯接下這個工作，今後當你遭受到無法忍耐的痛苦，我一定會趕到你身旁。不論你在什麼地方，我一定會為你的靈魂歌唱。我保證。」

「老鼠對狗的承諾，怎麼可信。」

不可信。

不，老鼠一定會遵守承諾。

這樣的念頭彷彿直覺似地，抓住了借狗人的心。

不論我是什麼死法，只要有痛苦，這傢伙就會出現，讓我的靈魂安詳。雖然是個來歷不明的傢伙，可是他一定會遵守承諾。

借狗人深信自己的直覺。他伸手抓住皮袋。

「我接。」

「感謝。」

老鼠微微地鬆了口氣，披上超纖維斗篷，接著在嘴唇前豎起一根手指頭。

「我想這應該不用我提醒你，不過，這件事別對任何人說。」

「我知道。我不會洩漏內容，這是工作的不二法則。我會盡快蒐集好情報，跟你聯絡，在任何人都還沒發現之前。」

「拜託了。」

「老鼠，我想問一件事。」

「什麼事？」

「你為什麼要做這種事？」

沉默。

從老鼠的表情裡，看不出任何東西。

借狗人舔舔下唇，繼續說。

「有這麼多錢的話，可以過一陣子的好日子。我知道你是劇場的大明星，收入不錯，不過這也是一大筆錢。你拿出這麼多錢，威脅我……」

「我沒有威脅你，只是委託你工作而已。」

「哦……好，委託我。你為什麼那麼想知道監獄的事？原因是什麼？」

老鼠沒有回答，只是扯了扯單邊臉頰。

那是舞台專用的假笑。

「不知道也能工作吧，借狗人？」

「是沒錯，但是，不知道原因就去做這麼危險的工作，有點吃力耶。」

「就算知道原因，危險的工作還是依舊危險。」

嘖！就會強辯。講不過這傢伙。

「知道了啦，不問了，你快滾。」

借狗人像趕人一樣地揮揮手。

有肥皂的味道，腦海裡突然出現一張臉，弄得滿臉泡泡地洗著狗的男人的臉。

他不經意地丟出問句。

「老鼠，這件事跟紫苑沒關係吧？」

只有一瞬間，灰色的眼眸動搖了。

借狗人的眼睛並沒有漏掉那一點動搖。

他的鼻尖動了動。有問題。

「紫苑？」

老鼠輕輕地聳聳肩。

「為什麼會冒出紫苑來？跟那傢伙無關。」

「剛才你說要我別將工作的內容告訴任何人吧？任何人也包括紫苑？」

「當然，沒必要把不相干的人拖下水。」

「哎唷，真親切。對我就塞了一堆危險的工作，對紫苑就不想拖下水。原來像你這樣的傢伙，只要住在一起也會產生感情啊。那個奇怪的白頭髮少爺那麼重要呀？」

眼前的老鼠不見了。

下一瞬間，借狗人的身體被壓在牆壁上，喉嚨被五根手指頭緊扣著。

「不要耍多餘的嘴皮子。你再胡說八道，我就讓你再也發不出聲音來。」

「你試試看啊，牠們是不會坐視不理的唷。」

本來睡在地上的幾隻狗站了起來，發出威嚇的低吼聲，將老鼠包圍起來。

就在其中一隻露出獠牙的同時，小小的灰色影子從房間的角落竄了出來。

嗚～～

露出獠牙的大狗發出悲鳴聲。有一隻小老鼠咬住牠的脖子。

大狗甩動脖子，像要把老鼠甩開，但是前腳馬上軟掉，倒了下去，四肢痙攣。

其他的狗害怕地往後退。

借狗人推開老鼠，幾乎跟狗在同時間發出悲鳴。

「狗，我的狗！」

他抱起狗。

「如果不想其他的狗遭受相同的命運，就叫牠們安分點。」

頭上傳來冷冰冰的聲音。

「老鼠，你這個混蛋！」

吱吱。

輕微的老鼠叫聲。

一抬頭，借狗人嚇到了。他環顧房間四周，更是冒出一身冷汗。

櫥櫃上、桌下、門後，房間裡到處都有小老鼠一動也不動地凝視著自己。每一隻的眼睛都發出紅光，炯炯有神。

「退後。」

借狗人沙啞著聲音命令狗。狗很聽話地回到原本的地方趴下。

「牠沒死，只不過稍微麻痺一下而已，二、三十分鐘就會復原。牠有呼吸吧？」

老鼠說得沒錯。雖然有點急促，但是狗的確有呼吸。

牠企圖爬起來，卻使不上力，發出哀傷的叫聲。

「你居然敢這樣對我的狗！」

當借狗人緊握拳頭時，門被用力推開了。

紫苑衝了進來。

「借狗人！」

紫苑手握著門把，呆在原地。

他的視線從抱著狗的借狗人，移到老鼠身上。

「老鼠，你怎麼會在這裡？」

「你又在做什麼？怎麼可以擅自離開工作崗位？」

「因為我聽到狗的哀號聲，好像也聽到借狗人的聲音……我以為發生什麼事……借狗人，那隻狗怎麼了？」

「只是麻痺而已。」

一隻茶色的小老鼠從這麼回答的老鼠肩上冒出來，牠跳下地板，衝到紫苑身上。

「哈姆雷特，你也來了啊。」

「哈姆雷特？什麼跟什麼啊？」

「牠的名字，這傢伙很喜歡聽我朗讀《哈姆雷特》。」

老鼠的臉都綠了。

「別亂給我的老鼠取名字。」

「因為你又不幫牠們取名字……牠好像很喜歡哦！對不對，哈姆雷特？」

小老鼠上下點著自己的頭。

「可笑！牠是哈姆雷特，那另一隻呢？是奧賽羅還是馬克白？」

「克拉巴特（cravate）。」

「克拉巴特？莎士比亞裡有這個人嗎？」

「是炸麵包的名字，跟牠的毛色一模一樣。原意好像是領帶的意思，就是將加了杏仁顆粒的麵皮搓成條狀下去炸的東西，形狀很像領帶。」

「我知道了，不用解釋了，祝你今晚夢到被那個什麼克拉巴特塞滿肚子。我要走了，跟你講話會讓我頭痛。」

「可能是神經性頭痛，因為你總是很焦躁。也許是太累了。」

「是誰讓我覺得焦躁？你這個人……」

感受到借狗人的視線，老鼠緘默不語了。他重新披好超纖維布，不發一語地離開房間。

哈姆雷特用鼻子蹭蹭紫苑的臉頰，吱地叫了一聲後，便追著主人走了。

本來分散在房間各角落的老鼠，也在不知不覺中消失了。

借狗人大大地呼了一口氣，跌坐在地板上。

狗在懷中低聲呻吟。

紫苑單腳跪下，開始仔細地檢查狗的身體。

「好像因為藥物而麻痺……不過心臟跳動正常，也沒有嘔吐。應該沒什麼大礙。」

「真的嗎？會不會就這樣死掉？」

「別擔心，牠只是輕微麻痺而已。讓牠喝點乾淨的水吧。我去拿水來。」

紫苑用剛才打水用的水桶裝來水，狗喝得津津有味，咕嚕咕嚕地喝個精光。

「你看，麻痺好像退了。不過，這隻狗為什麼會麻痺？」

「老鼠下的手。」

「老鼠？對狗？怎麼可能。」

「怎麼不可能，就是他，那個混蛋讓我的狗麻痺。這種事對那傢伙來說，根本不痛不癢。他是個不講情面、狡猾又殘酷的人，你也要小心點，別被他那張漂亮的臉騙了，別以為他像媽媽一樣溫柔，小心以後吃大虧。」

「我是不覺得他像媽媽啦，不過他人真的很好。」

借狗人伸出食指在紫苑的面前晃來晃去。

「笨蛋！你被騙了。你這個天生的呆子，根本沒發現那傢伙的冷酷。」

「老鼠並不冷酷，他救了我好幾次，如果不是他，我一定早就沒命了。」

「老鼠救人？不求任何回報？」

「不求任何回報，而且他等於是將麻煩事攬下來。我不該說這種話，不過我應該是他很大的負擔，因為我幾乎不知道如何在這裡生存下去。」

借狗人抿著嘴，看著正在幫狗清洗傷口的紫苑的側臉。

麻煩啊，的確是。不懂得懷疑別人、對任何人都很親切，這種人在這裡的確是大麻煩。而大麻煩會是沉重的手銬腳鐐。

那隻老鼠不求任何回報，就跟這個怪異的大麻煩一起生活。並沒有把他趕出自己的巢穴，反而保護他。

為什麼？

「紫苑。」

「嗯？」

「你們平常都用剛才那種調調說話嗎？」

「啊？哦，差不多。怎麼這麼問？」

「因為太不像老鼠了，他不是個會像剛才那樣，將情緒表達出來的人。」

紫苑歪著頭，好像在說：「是嗎？」狗舔著紫苑的手背，這是感謝紫苑替牠療傷的表現。

借狗人動動鼻尖，笑得很開心。

他覺得自己嗅到了些什麼。

紫苑跟剛才監獄的工作有關係。

為了他，老鼠一步步踏進危險地帶。

沒有證據，也不知道真正的原因，但是，抓住他的弱點這件事，絕對沒錯。我的鼻子不可能出錯。

老鼠，這個天然呆的怪異傢伙就是你的弱點、你的致命傷嗎？嘿嘿，如果真的是，那就好玩了。

是你自己說的，在這裡被別人知道自己的弱點，將會成為致命傷。

說得好，完全正確。

也就是說，我抓住了你的救命繩索。我會好好算算這筆帳的。

「我在猜……」

傳來紫苑的聲音。

他正撫摸著狗。可能麻藥已經退了，狗站著用力甩動著尾巴。

「嗯？你說了什麼嗎？」

「這隻狗是你的兄弟嗎？」

「這個啊……沒錯。我媽媽最後生的就是牠。生下牠沒多久，就被打死了。不過……你為什麼知道？」

「嗯，直覺吧。我只是覺得牠的眼睛看起來聰明又慈悲，跟你口中的媽媽給我的印象一樣。」

紫苑撫摸著狗的脖子。狗瞇起眼睛，靜靜地哈著氣。表情穩重，完全不像是剛才對著老鼠張牙舞爪的那隻狗。

「紫苑，你沒笑。」

「啊？笑什麼？」

「我媽媽的事情。聽到我說狗媽媽的事，大多數的人都會笑、把我當神經病，或是覺得很噁心……但是你說我媽媽慈祥又有愛心。聽到我媽媽的事情，沒笑、沒把我當神經病，還認真聽我說的人，只有你……」

借狗人突然停住，嚥了口口水。因為他突然察覺一件事，在同時，一瞬間有一股讓他講不出話來的動搖，向他襲來。

紫苑單腳跪著，訝異地抬頭看。

借狗人舔舔乾枯的嘴唇，彷彿循著記憶之繩般，緩慢地接著說。

「只有你跟……老鼠。」

2 平靜的風景

我是絕望的男人，沒有回聲的言語，一個一無所有、也曾經擁有一切的男人。最後的牽絆，我最後的焦慮在妳的身體裡咯吱作響。我是一片荒蕪的大地，而妳是我最後一朵薔薇。

（《世界名詩集大全14》二十首情詩和一首絕望的歌，聶魯達，會田由譯，平凡社）

女人很討厭老人。

NO.6的年齡層人口比例，以四十歲以下的人佔壓倒性多數，是個年輕的都市。

也因為如此，擦肩而過的老人就顯得很醒目。

我不想變老。

又是滿頭白髮、一身肥肉的老女人，又是瘦巴巴、滿臉皺紋的歐吉桑，真是受夠了。

女人在直屬衛生管理局的市立中央醫院當護士，目前負責老人病房。所以，就算她不願意，還是得每天跟老人接觸。

為什麼大家變成那個樣子了，還要活下去？

女人輕輕撫摸自己最引以為傲的棕色頭髮。

我無法忍受我的頭髮變白、我的臉上浮現皺紋或斑點，倒不如在變成那樣之前先死了算了。

她真心這麼認為。

NO.6的安寧療護系統很完善，別的都市幾乎無法比擬。

老人們到了一定年齡，如果接到市府通知的話，不論社會地位、性別或經歷，全都有權住進「黃昏之家」。

「黃昏之家」是市府為了讓老人們的餘生能過得充實、幸福，而創辦的理想機構。

那裡不僅有完善的末期醫療設備，甚至連痛苦、煩悶、懊惱等所有會傷害人生的情緒，也能幫你抹得一乾二淨，對老人們而言，簡直就像是天堂一樣。

「黃昏之家」同樣是市府直轄的機構。

每個禮拜，都會有幾名老人，從女人工作的中央醫院，被送到「黃昏之家」去。

市府並沒有公布能夠搬進「黃昏之家」的年齡及條件。

在拿到入住權之前，就因為疾病或意外身亡的老人，雖然不多，但也不是沒有。正因為如此，一旦確定能入住「黃昏之家」，老人們都會眉開眼笑。

昨天收到「黃昏之家」入住許可的老女人也是一樣。她罹患了連NO.6的醫療科技都醫不好的疾病。

「太好了，這下子我可以幸福地過完剩餘的這幾年了。感謝上帝與市府的慈悲。」

深信上帝的老女人在胸前合掌，在祈禱聲中搬離病房。

「黃昏之家」。

女人不知道它在哪裡，市府並沒有公開地址。反正女人對「黃昏之家」這種地方也不感興趣。

女人討厭老人。

那份厭惡，其實也是來自對衰老的恐懼。

女人年輕貌美。她想要一輩子保持年輕貌美的狀態。

因為工作的關係，她曾多次聽說市府的醫療研究當中，目前最受矚目的是生命結構的闡明，其中政府投資了相當多的預算在研究老化的分子層面上。

如果，抑制老化藥的研究開發有進展的話……如果，能不變老、一直保持這個模樣的話……那該會有多美好啊！

希望能快點研究成功。

快到車站了。

離這裡兩站的地方，有棟小房子，雙親正在家裡等著她。

剛邁入老年期的男與女。他們倆一樣囉嗦、神經質又愛面子，到現在還在抱怨唯一的女兒沒有一項被市府認定為最高層次。

女人不想那樣老去。

她站在櫥窗前凝視自己的模樣。

因為剛下班，看起來有點累也無可奈何。但是，好美。頭髮、皮膚都年輕又漂亮。

她想買了東西再回家。

櫥窗內陳列了華麗的洋裝、有品味的鞋子、功能性強的褲裝。在這個城市，想要什麼都買得到，當然是指自己財力所及的物品。

除了在下城畏畏縮縮生活的一部分人之外，市民只要不奢求最高級品，都能買到大部分的物品。衣服也是，食物也是，住所也是。

雖然比不上「克洛諾斯」的居民，但是比下城那些人好多了，可以過這樣還算富裕的生活。

女人滿意自己的條件。年輕貌美又富裕，今後她想要更加享受人生。

她停下腳步，目光停留在櫥窗內的一雙鞋子，那是一雙淺粉紅色的淑女鞋。才剛入冬而已，櫥窗裡已經開始展示春裝了。

粉紅色的鞋子散發出耀眼的光芒，彷彿誘惑著她要比任何地方更早、比任何人更快地往前走。往前走，快往前走。

下禮拜有「神聖節」，是這個城市的誕生紀念日。市內到處都會舉辦派對與慶祝活動。

女人也預定出席兩場派對。

就買這雙鞋。

洋裝也配合這雙鞋，挑淺粉紅色的吧。一定非常適合我。

在她露出滿足的微笑時，突然覺得暈眩。

輕微的暈眩後，脖子根部突然變熱。

怎麼回事……

好累……身體好沉重。

腳軟了。好想吐。

要找個地方休息才行。

她走進店與店之間的小路。穿過這裡，應該有市民醫院的駐外機構。

只要走到那裡……

脖子好熱，皮膚下好像有什麼在蠕動著，而且全身好像漸漸乾枯似地不舒服，好陌生的感覺。

這是……怎麼了……？

女人踉蹌了一下，跌倒了。

皮包開了，裡面的東西散落一地。她看到自己伸出來打算撿東西的手，慘叫了起來。

手上浮現多處黑色斑點，彷彿老人斑的斑點。皮膚急速失去水嫩光澤，並且皺裂。

不會吧……

這是……這是什麼……？

女人拿出鏡子照著，她再度尖叫。

然而這次聲音沙啞，幾乎已經無法出聲了。

臉，我的臉……

她眼睜睜地看著剛才還是那麼年輕貌美的臉龐，不斷改變。刻上皺紋、浮現黑斑、頭髮掉落。

脖子根部有什麼在蠕動。

自己的體內有別的生物。

女人陷入恐懼，她理解到自己的身體即將被某種生物掠奪。

不，救命。

媽媽、爸爸，救我。

眼前浮現父母的臉。

媽媽、爸爸……

女人求助的手只抓住虛空，就這樣昏厥了。

火藍坐在長椅上，嘆了不知道是今天的第幾次氣。

嘆氣也沒用。

即使哭喊、吵鬧，現實也不會有所改變。

什麼都不會改變，那麼，至少堅強點。

抬頭挺胸，光明磊落地活下去。

才剛這麼想，馬上又嘆了氣。

我什麼都做不了，一切都無能為力……

火藍張開膝上的雙手。

冬天柔和的陽光照射在白皙的手掌心。她又想要嘆氣了。

火藍在下城的一角開的小麵包店今天休息，她到處閒逛了半天了。

本來是為了拜訪沙布跟她祖母居住的家，因此往「克洛諾斯」方向去。

NO.6的市民不論在哪一方面，只要能力被市府認定為最高層次的話，不拘性別、出身，連家庭成員都能拿到入住「克洛諾斯」的資格。

市府會為這些人準備最適合他們居住的房子，以及發展各種能力的環境。

兒子紫苑兩歲健診時，在智能面被認定為最高層次，火藍也因此能在「克洛諾斯」有立足之地，擁有舒適的住所與一輩子的保障。

兒子是被挑選出來的菁英，將來有一天可能會進入NO.6的中樞。火藍靠這個兒子，獲得了人人欽羨的地位。

人人欽羨的東西：舒適的生活，不需要擔憂明天的生活，跟飢餓、暴力完全無關的生活，室內環境、安全措施、衛生和身體狀況全都受到管理的生活。

火藍慢慢地握起手指。

還住在「克洛諾斯」時，手指的皮膚柔軟又細緻，然而移居到下城後，因為工作的關係，開始變得粗糙乾燥，有時還會滲出血來。

即使如此，在失去紫苑之前，我比在「克洛諾斯」時還要幸福，幸福千百倍。

火藍怎麼也無法適應所有的生活皆被管理、檢查的日子，她甚至覺得自己的精神狀態漸漸出現問題，因而感到恐懼。

所以，當紫苑做出破壞禁令、藏匿逃犯這種令人無法置信的行為時，她沒有驚訝、沒有怨嘆，反而感到解放，甚至覺得愉快。

當然，她明白那代表著所有特權將被剝奪，他們會被趕出「克洛諾斯」，而且紫苑身為菁英得到保證的未來，也完全成泡影了。

然而，她還是覺得愉快。

她並沒有責備，反而想稱讚頭腦聰明伶俐的兒子，犯下的愚蠢行為。

紫苑毫不猶豫地捨棄了「克洛諾斯」的生活。

他捨棄安定、有保障的生活，選擇保護在狂風暴雨的夜裡逃到自己房間裡的人。愚蠢的行為。

但是，他沒錯。

紫苑同樣也找不到在「克洛諾斯」生活下去的意義，因此可以輕而易舉地捨棄。捨棄沒有意義的東西，那絕對沒有錯。

「媽媽，對不起。」

搬到下城的第一個晚上，十二歲的紫苑有點垂頭喪氣地跟母親認錯。

「對不起？為什麼？」

「因為妳……今後得要工作。」

紫苑所做的事，是隱匿及幫助在NO.6被稱為VC的重大罪犯逃亡。

市府考慮到紫苑的年紀，只是將他們趕出「克洛諾斯」，同時禁止他們在市內環境最差的住宅區下城以外的地方生活。

一夜之間，母子倆從天堂掉落到地獄。當務之急是隔天起的生活糧食。

「對不起。」

還殘留著稚嫩面容的瘦弱下巴顫抖著。

火藍伸手抱住兒子的肩膀。

「傻孩子，不需要為這種事向大人道歉。」

「可是……」

「你是媽媽的監護人？立場相反吧？我比你想像中還要堅強許多，你不知道吧？」

「嗯。」

「看著吧，我會讓你知道你的媽媽有多堅強，不要嚇到唷。」

懷裡的紫苑笑了。

幾年沒像這樣抱兒子了呢？

當時，在曾是建築材料倉庫、昏暗又潮濕的房間裡，火藍感受到的並不是絕望，也不是悲哀，而是懷中有我兒溫度的喜悅，只有母親才能體會到的充實感。

「是怎樣的一個人呢？」

「什麼？」

「你藏匿的那個人。他是怎樣的人呢？我有點好奇……你想不想告訴我？」

紫苑像彈開似地離開母親。

他咬著下唇、紅著臉頰的表情實在很好笑，讓火藍微笑了起來。

「我去睡了。」

紫苑帶著那樣的表情，匆匆忙忙地走了出去。一直到開關不易的門發出巨響關閉後，火藍還是微笑著。

究竟是怎樣的孩子呢？

讓紫苑捨棄「克洛諾斯」的人，究竟是怎樣的孩子呢？

我的孩子究竟被那孩子的什麼吸引呢？

那孩子又有什麼魅力呢？

雖然想知道，但是紫苑絕對不會說吧。在成長的過程中，每個孩子都會學會隱藏自己的想法，都會遇上想要保密的事情。

也許再也無法像剛才那樣，自然地抱那孩子了吧。

翅膀長硬的鳥兒，一定會展翅離巢，總有一天要跟紫苑離別。

火藍早有覺悟。

能夠目送自己的孩子展翅高飛，對一個母親而言，或許也是一種幸福。所以，從明天起努力工作吧。

如同她的決心，在下城的四年內，火藍拚命工作，從烘焙麵包四處叫賣開始，一直到將住處的一角改造為麵包店，慢慢地增加產品。

便宜又好吃的麵包及蛋糕，在奢侈品稀少的下城獲得好評，店的生意愈來愈好，足以供應母子兩人的生活。

捏著小錢的孩童會跑得上氣不接下氣地來買瑪芬；上了年紀的工人會來買送給孫子當禮物的蛋糕；也有客人會為了剛出爐的麵包，一早就來光顧。

不是虛張聲勢，也不是安慰自己，火藍是真的很滿足下城的生活，對「克洛諾斯」沒有絲毫眷戀。

這裡有工作、有需要賺取糧食的生活、有自己腳踏實地創造的生活，她已經別無所求。

火藍其實覺得自己滿幸福的。

在那一天之前……

紫苑突然消失了。

早上，他出門去自己工作的地方——森林公園管理辦公室之後，就再也沒回來了。

那並不是一個母親早就領悟到的離別，那並不是自然的離別，而是另一種既唐突又殘酷的形式。

她深刻體會到，想要目送孩子展翅高飛的想法，是多麼天真的夢想。

紫苑以重大罪犯的身分被逮捕，收押在監獄裡。

當治安局局員告訴火藍時，她清晰地體驗到絕望這種東西的存在。她被捲進漆黑的暗夜中，黑暗漸漸入侵到她的體內，麻痺她的手腳。那個時候，死亡對她而言，是多麼有吸引力啊。

為她帶來生存希望的是老鼠。

老鼠為她捎來紫苑還活著、人在西區的消息。把紫苑的小紙條送到她手中。在絕望的黑暗中閃耀的光芒是如此美麗。

媽，對不起。我還活著。

僅僅潦草的幾個字成為劃破黑暗的光芒，成為要她堅強活下去的聲音。

火藍繼續烘焙麵包，打開店門做生意。

在紫苑回來之前，再怎麼痛苦也要咬緊牙根在這裡等待。

老鼠為她送來這樣的力量。

雖然有時候會被幾乎想要尖叫的焦慮偷襲，但是火藍的生活總算慢慢穩定下來。沙布就是在這個時候出現的。

沙布跟紫苑一樣，都是在智能方面被認定為最高層次的菁英。

她的眼睛黑白分明，總是直視前方，給人留下深刻的印象。

沙布雖然不善言語，但是她帶著堅強的意志力，訴說對紫苑的愛，並堅持要去西區。

「我不在乎，即使再也回不來，我也不後悔。如果紫苑在西區，我就去西區。」

「我想見他，很想見他。」

「我……愛他。真的，我一直一直愛著他。」

強忍著不哭泣的少女所說的話，是那麼單純又幼稚，也因此更加讓火藍感動。只不過，再怎麼感動，也不能讓沙布去西區。

身為紫苑的母親，身為一個大人，她必須阻止。

然而，追著沙布走出店的火藍，看到的是被治安局局員強行帶走的沙布。到現在已經三天了。

「沙布……」

無計可施，火藍又嘆了一口氣。

完全不知道該怎麼辦才好。

她給了聯絡用的小老鼠一張紙條，就只做了這件事。

老鼠是不是會像紫苑那時一樣，援救那個少女呢？

但是，一旦被收押到那座監獄，應該就不可能救得出來。

要是紫苑知道這件事，為了救沙布而去監獄的話，這次說不定真的會被殺死。

我也許太衝動了……

老鼠不可能冒著危險去救毫不相干的沙布……

千頭萬緒，讓她的手顫抖了起來。

這三天來，火藍幾乎不能睡、不能吃，身心俱疲，然而她卻忍不住，跑到沙布舊家附近來。

高級住宅區「克洛諾斯」。

豐富的大自然與靜謐的環境、周密的安全防護系統。醫療、娛樂、購物等等，所有分類的設備都很完善，住戶們只要一張ＩＤ卡，就能自由使用。

即使在神聖都市ＮＯ.６裡，「克洛諾斯」也是一個特殊的地方，是人類能想到的最佳居住空間。

火藍在幾年前也是這裡的居民，然而現在已經不被允許踏入「克洛諾斯」了。她才剛踏上通往「克洛諾斯」的石板路，關卡就自動關閉了。

〈非常抱歉，基於安全上的考量，禁止「克洛諾斯」以外的居民進出這裡，敬請配合。又，沒有市府當局發的特別居住地區進出許可證的人，萬一穿過這道關卡，將會依照市法第203條第42項，給予懲罰或驅離。重複一次，基於安全上的考

量……〉

傳出柔和的女性聲音。

白色關卡上的監視錄影機拍攝到火藍發呆的身影。

如果再這樣不動的話，柔和的聲音就會變成警戒聲，治安局的人也會趕過來吧。

火藍只能轉身背向關卡，咬牙往來時路走去。

所以，她現在坐在森林公園的一角，一棵已經掉光葉子的大樹下方的長椅上。她坐著，看著自己的手發呆。

「紫苑……沙布……」

為什麼我這麼無能為力呢？都已經是幾十歲的人了，枉我身為人母，枉我還是個大人，卻連身陷困難的兩個年輕人都救不了。

我真沒用……

火藍抬起頭。除了不安與焦慮之外，還有另一種情緒劃過心底。

在NO.6成為獨立都市，邁向成熟的歲月裡，火藍是都市內部的居民。

這個世界上的六座理想都市，是踩著人類犯下的無數過錯建造而成的。

這些地方提供人類沒有戰爭、沒有飢餓，可以在和平與自由中生活的地方。人類從出生到死亡為止，能在這些地方平靜度過幸福又安全的生活……

原本應該是這樣。

雖然沒有深入思考過，然而火藍深信，周遭也沒有人懷疑。大家應該都認為只要住在ＮＯ．６，就能保證擁有一個滿足的人生。

應該這麼認為……這麼認為……被灌輸這樣的想法。

全是假的，全都是假象吧。

她無聲地呢喃。雖然已經入冬了，她還是冒了一身汗。

因為細分等級的ＩＤ卡，連市內都不能自由走動；單方面拘捕我的兒子，卻不允許我提出抗議；甚至無法確認被當局強行帶走的市民，是否安然無恙。

這是哪門子自由？

哪裡有平穩、安全及令人滿足的生活？

哪裡也不可能有。

如果真是這樣，過去我們到底做了什麼？

為什麼會打造出這樣的都市……

我們……我們在什麼地方做錯了什麼？

「請問……」

突然有人叫她，火藍被拉回現實生活。

「不好意思，嚇到妳了嗎？」

一名戴著淡藍色小帽子的老婦人一臉微笑地站在面前。

火藍不認識這個人。

「啊，沒有……不好意思，我在發呆……有事嗎？」

「我能坐在妳旁邊嗎？」

「請坐。」

老婦人噙著微笑在火藍旁邊坐下。

「今天天氣真好，真舒服。」

「是啊……」

哪還管得了天氣。這幾天，天空的顏色、微風的聲音、群樹的變化，全都感覺不到。

「我突然找妳說話，妳一定覺得我是一個很沒有禮貌的老太婆吧？」

「不，沒那回事，我只是有點嚇到而已，因為我在想些事情，所以沒注意到您站在身旁。」

老婦人用手推了推圓形的眼鏡框，表情嚴肅了起來。

「我會叫妳，就是因為這個。」
「嗯？」
老婦人伸出戴著銀戒指的手，握住火藍。
「請妳別介意，我知道我很愛多管閒事，但是……妳看起來實在太心事重重了，我沒辦法視若無睹。」
手被握著的火藍，輕聲地說了聲：「是喔。」
「所以您就專程過來跟我說話嗎？」
「是啊，天氣這麼好，這麼舒服的一個下午，有人一臉難過的樣子，獨自坐在椅子上，垂頭喪氣……我就不由自主地走過來了。」
老婦人的手很有力道。她緩緩握住火藍的手。
「像妳這麼年輕的美人，臉上為什麼會有那種表情呢？是不是遇到什麼難過的事呢？」
眼鏡深處的眼神慈祥又溫和。兩人頭上，山毛櫸輕輕地隨風搖曳著。
「謝謝您，我只是有點煩惱……」
「我懂，我也曾有過痛苦的煩惱。」
老婦人雖然上了年紀，仍然有著優雅的面容。

火藍突然覺得心跳加快。

除了我之外，還有別人有煩惱？

有別人覺得痛苦？

有別人發覺這個都市的矛盾？

「那真的是很痛苦的事情……已經是幾十年前的事了……小兒因病去世。」

「哎呀，生病嗎？」

「是啊，當時他才三歲。我還記得他死的時候，我看到棺材那麼地小，哭到無法自已。一個喪子的母親的心情……妳能體會嗎？」

火藍好不容易才克制住自己想要點頭的心情。

紫苑還活著，我並沒有失去兒子。

「我無法體會您全部的心情……然而，那一定很痛苦吧？」

「那是當然，言語根本無法形容。我好幾次都覺得不如一死還比較痛快。不過，我現在很慶幸我還活著。我能在子孫的陪伴下，生活在這麼完美的都市裡，實在是太幸福了。」

老婦人噙著微笑，環顧四周。

「我很想讓死去的兒子也體會這裡的生活。不，要是當年有NO.6的醫療水準的話，小兒應該也不會死吧。」

火藍悄悄把手抽回。

老婦人望著虛空繼續說著，嘴角仍然帶著一抹微笑。

「這裡真是個桃花源。我常常跟我的孫子說，你們要慶幸自己生在這個地方。他們會懂我在說什麼，這時候，我就會跟他們說西區的事。」

「西區？」

火藍再度心跳加快，這次跟剛才是完全不同意思的心跳加快。

「是啊，西區。妳知道那裡是怎樣的地方嗎？」

火藍探出身子。

我想知道。那裡有紫苑在。我想要更清楚那是個什麼地方。

「我不知道，請您告訴我。」

老婦人皺起眉頭，搖搖頭。

「我也不是很清楚，只不過我姪子在出入境管理辦公室工作，他偶爾會跟我提起。聽說那是個非常糟糕的地方。」

火藍壓抑著急切的心，只是附和著。

她很想催促老婦人趕快說下去。

「衛生狀況非常糟糕，孩子們都喝污水呢。」

「喝污水……」

「是啊，很悲慘吧？真可憐，光聽我就覺得難過。跟西區比起來，這裡的孩子真幸福，對吧？」

「呃？啊……是啊，但是……」

「因為這樣，聽說那裡常常流行NO.6裡無法想像的傳染病，犯罪也是稀鬆平常，治安非常差。那一區的居民全都無知、兇殘，大多數的人為了錢，連殺人也無所謂呢。聽說前不久就有一群兇惡的男人企圖闖進管理辦公室。當然，管理辦公室的安全系統滴水不漏，那些人還沒踏進去就被逮捕了。真恐怖。」

老婦人全身發抖，雙手環抱著自己的身體。

「我姪子說，那裡的環境就像地獄一樣，又爛又糟。就是啊，跟這裡完全不一樣。不只孩子們，連我們自己也要感謝能住在NO.6才行。我常常跟孫子們說，跟西區比起來，他們實在是太幸福了。」

西區，又爛又糟的地方。

火藍閉起眼睛。腦海中浮現紫苑寫的字。

只有潦草的一行字，習慣往右上翹的字。

媽，對不起。我還活著。

充滿力氣的字，充滿生命力的年輕字體。

那孩子在西區生活。非常有生命力，現在，這當下也還活著。

「妳怎麼了？」

聽到老婦人的聲音，火藍張開眼睛。

「不舒服嗎？要不要幫妳聯絡衛生管理局？」

火藍緩慢地搖頭。

「我不那麼認為。」

「啊？什麼？」

「我不認為西區又爛又糟。」

「妳在說什麼……」

「而且……」

我也不認為這個都市是桃花源。

當火藍正打算這麼說的時候，突然聽到羽毛啪噠啪噠的震動聲，接著就有一團黑色塊狀物掉落到眼前。

老婦人小聲地叫了出來。

「天啊，烏鴉！」

一隻羽毛漆黑的烏鴉停在火藍的腳邊。

「好噁心。森林公園有烏鴉？」

老婦人皺著眉頭說。

「這裡保留著自然的環境，因此雖然數量不多，但是，是有烏鴉的。」

烏鴉輕輕飛起來。

本來以為牠會就這樣飛走，沒想到牠拍動著翅膀，又再度降落，站在人的肩膀上。

這次，換火藍發出了驚呼聲。

她完全沒發覺這麼近的地方，站著一個人。

跟老婦人說話的時候，有牽著狗的老人、撿拾變色樹葉的女孩，以及幾個看似學生的人從面前走過，但是肩膀上站著一隻烏鴉的人，一次也沒出現過。

他是什麼時候這麼靠近的呢？

從什麼時候起就在這裡的呢？

火藍心裡感覺毛毛的。

那是一個瘦瘦高高的男人，穿著淡咖啡色的夾克跟同色系的長褲。頭髮還算多，但是白頭髮很醒目，鼻子下方的鬍鬚也摻雜著白毛。除了他的肩膀上站著一隻烏鴉之外，看起來就像一個非常普通的中年男子。

火藍從未見過這個男人，然而，男人卻堆滿笑容，雙手伸向火藍，而且還直呼她的名字。

「火藍，我好想妳。」

「？」

火藍還來不及回答，男人便抓起她的手，將她拉向自己。火藍的身體就這樣整個被男人細長的手臂納入懷中，緊緊抱住，讓她無法呼吸。

「原諒我，是我不好，我不會再讓妳難過了，我保證，我這一輩子只愛妳一個人。」

「等、等一下……你、你要做什麼？」

「妳走了之後，我才深刻了解到我有多愛妳。求求妳，再給我一次機會，火藍。」

這個人瘋了。

一開始，火藍覺得這個男人是個瘋子，但是，瘋子不可能在市內出沒。

正當她這麼想時，她注意到男人的心跳聲。因為兩人靠得很近，因此胸口能感

受到男人的心跳按照一定的節奏，有規律地跳動著。

這男人不是瘋子，也不興奮，反而是非常冷靜地說出只有老掉牙的肥皂劇裡才聽得到的台詞。

「你別鬧了，已經夠了！」

火藍撐開手臂，離開男人的身體。

「我已經聽膩你的花言巧語了，我要跟你分手，你別再出現在我的面前。」

「火藍，我愛妳，我真的愛妳。」

男人肩膀上的烏鴉尖聲鳴叫，聽起來真的像笨蛋（A-HO，在日文中是「愚蠢」的意思）。

男人乾咳了幾聲，向張開嘴巴盯著他們看的老婦人鞠躬。

「很抱歉，讓您見笑了。」

「沒……沒有，呃……你們……」

「我們是一對戀人。是我太愚蠢，傷了她的心……我打算跟她道歉，重修舊好。」

「這樣啊。那很好……」

「那麼，我們還有很重要的事要談，先失陪了。」

男人抓著火藍的手臂，直接拉著她邁步走。

烏鴉再度尖聲鳴叫。

一直到經過曾是紫苑工作的地方——管理辦公室的後面，從公園的後面走出公園為止，男人都只是沉默地走著。被抓著走的火藍也是不發一語。

路旁停著一台白色車子，是一台在市內已經算是罕見的舊車種。

男人打開車門，毫不猶豫地說：「上車。」

「不，不用了。」

「上車，我有話跟妳說。」

烏鴉拍動翅膀，從男人的肩上飛到車子後座。牠看著火藍點頭，彷彿在說「上車」。

「好聰明的鳥。」

「聰明到讓我傷腦筋。」

男人的口吻聽起來很認真，似乎打從心底覺得傷腦筋。

烏鴉張開嘴巴，嘎嘎叫著，聽起來就像笑聲。

火藍覺得好有趣，輕輕地笑了起來。她這才發現，她已經好幾天沒笑了，甚至連微笑都沒有。

火藍看著烏鴉，坐上車子的副駕駛座。

兼具電能車及汽油引擎功能的複合動力車滑了出去。一出幹線道路，男人便啟動自動駕駛功能，放開方向盤。

「妳知道嗎？明年初將頒布新條例，不能再使用汽油了，這台車也不能再開了。」

「聽說化石燃料除了煤炭之外，幾乎全都枯竭了。從石油改用其他能源，這也是沒有辦法的事情啊。」

「這妳是聽誰說的？」

「誰……這是市的能源政策方針，之前發表過吧？」

「沒錯，市府當局發表過。跟市長的施政方針演說一模一樣呢。」

男人的唇髭抽動了一下，做出一張諷刺的笑臉。

「沒人懷疑，完全接受市的發表，點頭贊同。真是的，這個都市的居民，不論阿狗阿貓全都那麼順從又單純，絲毫不懂得懷疑高層。不……是不想去思考吧。懷疑這種事情，是很費心神的，『對、對』地點頭就輕鬆多了。」

火藍斜眼瞟了男人的臉。

那你懷疑嗎？

你會以懷疑代替順從地點頭嗎？

火藍忍住想要這麼問的心情。

面對不知道來歷的人，還是不要隨便發言比較好，必須要像膽小的草食動物一樣小心才行。

火藍坐正，想辦法要改變話題。

「我能提問嗎？」

「隨時歡迎。」

「你是誰？為什麼知道我的名字？抬出那種怪異的戲碼，把我拉上車是為什麼？」

「哪會怪異，我覺得演得不錯啊。妳也配合得很好，不是嗎？可以得最佳女主角了。」

「謝謝，這把年紀還能演愛情片的女主角，我真是太幸福了。」

「不不，妳還很年輕貌美。什麼片的主角都難不倒妳呢，火藍。」

「你從哪裡知道我的名字的？」

「我外甥女說的。」

「你外甥女？」

「聽說是妳的粉絲，正式來說，應該是妳的瑪芬的粉絲吧。」

火藍想起那張圓圓的小臉。總是捏著銅板來店裡的小女孩。

「阿姨，妳不要關掉這家店哦。」真心鼓勵火藍的小女孩。

紫苑被治安局拘捕之後，她的話及眼神是安慰火藍苦悶生活的東西之一。

「莉莉。」

「沒錯，可愛的小莉莉。她是我妹妹的小孩。據說她喜歡妳的起司瑪芬，勝過我這個舅舅千百倍。前不久，她這麼跟我說的。」

「是哦。」

「我很不甘心，打算狠狠批評妳一頓，於是拿起妳的瑪芬咬下去……」

「好吃吧？」

「好吃，雖然很不甘心，但是真的好吃。莉莉會喜歡瑪芬，勝過偶爾才露一下臉的舅舅，那也沒辦法。」

「你是莉莉的舅舅，我的名字是從可愛的外甥女口中聽到，這我知道了。」

「謝謝妳的理解。妳剛才覺得我是可疑人物嗎？」

「我到現在還是覺得你很可疑。剛才的戲碼是幹嘛？為了把我從那名優雅的老婦人身邊拉走嗎？」

「沒錯，太危險了。」

「危險？」

車子慢慢地轉彎。

這條路通往下城，這個男人要送我回家，應該沒錯了。

這台舊型車正朝著早上自己下定決心走出來的路線的反方向前進。

今天沒開店，莉莉是不是很失望呢？

「妳差一點就要開始抱怨對這個都市的不滿，對吧？」

我也不認為這個都市是桃花源。

那個時候，火藍的確正打算這麼說。就在快要說出口的時候，被烏鴉的振翅聲打斷了。

「那樣有危險？」

「有那個可能性。那位老婦人如果把妳視為危險分子的話，那該怎麼辦？」

「危險分子……怎麼說？」

「也就是向市府當局報告，說公園裡一名坐在長椅上的女性，對市有不平與不滿啊。」

「那個人會告我密？」

「覺得不可能嗎？」

「是啊，我不敢相信。那個人因為擔心我，所以很親切地過來跟我說話耶。」

「對，因為妳看來非常憂鬱。在NO.6這座桃花源裡，每個人都必須是幸福的。連重病患者、重傷者都能靠著最先進的醫療技術，去除大部分的苦痛。這裡沒有會煩惱、深思或憂慮的人。不對，是不允許那種人存在。」

「怎麼會……可是，也常看到有人坐在長椅上發呆，不是嗎？」

男人搖搖頭，用手指敲了敲顯示道路情報的小型螢幕。螢幕上浮現告知時間的小數字。

「妳還記得妳坐在那張長椅上多久了嗎？」

火藍盯著數字，搖搖頭。根本就忘了時間。

思考、煩惱、一直想不到答案，就這樣呆坐在長椅上，完全喪失了站起來、邁開腳步的慾望。

「限時三十分鐘。」男人說。

「啊？」

「市民能發呆的時間，最多三十分鐘。如果深思、煩惱的時間超過時限，就會被注意。」

「你是說……那位老婦人是因為我想事情想太久，所以來調查我？」

「我不知道。我能說的只是有那個可能性。也許只是個深信自己是慈祥好人的老人家，只要在不給自己添麻煩的範圍內，可以對他人親切的那種人。」

「你怎麼可以這麼說？」

「事實啊。這個都市裡，到處都是那種自稱善良的好市民。正因為到處都是，所以要找出真正善良的人，反而變得很困難。但是，如果那位老婦人只是那種到處可見的善良市民的話，那倒還好。萬一她是告密者的話，妳不覺得妳剛才很危險嗎？」

火藍啞口無言。她不想懷疑那名老婦人，她想相信她只是個擔心陌生人的親切老人。

她的眼睛看起來好慈祥，在眼鏡下微笑著。

火藍倒吸一口氣。

「那付眼鏡……」

「嗯，妳終於發現了？對於一個優雅的婦人而言，那付眼鏡未免太大了吧。也許那是一付裝載有收音麥克風及錄音功能的特殊眼鏡。」

火藍閉起眼睛深呼吸。

限時三十分鐘。

不允許超過。

深思，熟慮，陷入自己的思索當中，從中找出屬於自己的想法……這些全被禁止。

心底浮現跟剛才相同的疑問。

過去我們到底做了些什麼？

為什麼會創造出這樣的都市呢？

我們到底在什麼地方，做錯了什麼呢？

火藍嘸下一聲嘆息。

覺得好累，對抗的氣力、憤怒的動力，好像都乾枯了。

「我想我應該一直都被市當局貼著標籤。不只是因為發呆的緣故……也許我一直被監視著。誰教我是嫌犯的母親呢。」

「別那麼自暴自棄。」

男人的口氣變得強硬，就像父親斥責女兒的口吻一樣。

「妳真的相信市府當局所說的嗎？妳真的相信自己的兒子是罪犯嗎？」

火藍抬起低垂的臉，搖頭。

她連一秒鐘都不曾相信過紫苑犯下殺人罪這件事。

「這也是莉莉說的，妳兒子叫做紫苑是嗎？聽說他是一個非常親切的哥哥，還幫莉莉修過好幾次她弄壞的玩具。莉莉說：『雖然比不上瑪芬，但是我喜歡他勝過舅舅好多好多。』她還很在意紫苑是否有女朋友呢。」

「哎，莉莉怎麼這麼講話？」

「她太早熟了。可是居然沒發現自己的舅舅這麼有魅力。真是的，也不知道老妹是怎麼教她的。」

「如果去問那個莉莉的話，能不能問出這麼有魅力的舅舅的名字跟底細呢？」

聽到火藍這麼說，男人笑了起來，伸手再輕輕觸碰螢幕。

「問莉莉準沒好答案。她一定會說，楊眠舅舅偶爾會突然出現，吃飽飯就拍拍屁股走人，是一個怪咖。」

「楊眠，你的名字嗎？」

「對，而這就是我的工作。」

螢幕上出現麵包、蛋糕、輕食之類的東西，接著又接二連三地浮現卡路里及營養標示、價格及店的名稱。

「以『克洛諾斯』以外的所有區域為對象，提供所有娛樂的電子情報。說娛樂，其實主要是介紹食物跟每季舉辦的活動。戲劇、演唱會及書籍的出版，都在市府的管轄下，因此我們比較能自由採訪的只有食物相關的東西。然而我們絕對不可能出入食料局，所以也只能做到介紹哪家店的蛋糕好吃啦、哪家店的午餐值得推薦啦之類的而已。可是，這還滿受歡迎的。下城的娛樂只有吃跟喝，因此大家很渴望情報。」

「那，你是想……」

「沒錯，我想專題介紹妳店裡的麵包、蛋糕，以瑪芬為主。可以嗎？能不能讓我採訪？」

「可是，你介紹我的店好嗎？會不會被市府盯上？」

「無妨，就算被盯上，就算被警告，我都不能放過那麼好吃的瑪芬。不過，要是湧入大批顧客，讓妳的瑪芬銷售一空，莉莉一定會恨死我，說我這個舅舅老愛亂來。」

「怎麼會。可是因為我兒子的事，我的店應該也上過新聞……暫且不論下城，其他地區的人會來買嗎？」

楊眠聳聳肩，關掉觸控式螢幕的影像。

「火藍，這個城市的人不擅記憶。」

男人發出的聲音有點沙啞，聽不太清楚。

「馬上就會忘記。不管再怎麼重大的事件，也是馬上就會忘記，更別說會去思考事件的背後是否隱藏了什麼。記憶、懷疑、思考，全都不擅長。即使遺忘不擅長的事情，生活還是非常穩定……這裡真是個可怕的地方。」

楊眠的話明顯是對現狀的批評，火藍連忙端坐了起來。這樣的對話如果傳出去，那可不得了。

也許是看出火藍的動搖，楊眠放鬆嘴角，揮揮手。

「沒事的，這台車有防竊聽功能，不過，也許明年推出的新型車一開始就裝有竊聽功能也說不定。」

「楊眠，你為什麼要批評市？為什麼能斷言這裡是個恐怖的地方？」

沉默了一會兒後，楊眠第三度觸碰螢幕。

畫面上出現一名鵝蛋臉的年輕女性。

懷中白色毛巾包裹的嬰兒正睡著。女性微笑著，看起來就像是一個幸福的母親。

深褐色的短鮑伯髮型，朝氣蓬勃的臉龐，加上溫柔的笑容，讓人看一眼就忘不了。

「這是我妻子，她懷中抱著我兒子。這已經是很久以前的照片了。」
「你太太出事了嗎？」
「跟我兒子一起。有一天出門後，就再也沒回來了。跟妳不一樣的是，她跟孩子一起失蹤，後來被當作失蹤人口處理掉了。」
火藍覺得好難過。
楊眠淡然的口吻帶給她極大的衝擊。
跟紫苑一樣……
也有人的遭遇跟紫苑一樣……
「她是學校的老師。教莉莉那個年紀的孩子們美術跟音樂。她總說那是她的天職。她告訴孩子們，感受自己是最重要的事情，不管是繪畫、作曲，都要正視自己的想法跟感情，表現出來。」
「真棒，好像好久沒聽到這麼棒的話了。」
「是啊，她是一個很棒的女孩子，以自己的信念在教導孩子們。然而，來自教育局的嚴重注意跟指導愈來愈多……要求她要照著教育局製作的教師手冊去教導孩子。當然，她並沒有遵從，最後被趕出職場。以缺乏做為教師的才能，被剝奪了資格。那個時候，應該不只她一個人，有許多老師都被解職了，妳不知道這件事嗎？」

「不知道，我還真不記得有這件事，我……」

「不需要覺得不好意思，也難怪妳不知道，因為根本沒有報導。從那個時候起，市府當局就開始操控情報了。對自己不利的事情全都不公開的系統，已經逐漸成形了。」

車子已經進入下城。

這裡是全市整頓最慢的地方，四處還彌漫著雜亂的氣氛。

這股吵嚷的空氣，反而為火藍帶來安心的氣息。

「她本來打算跟那些被驅逐的老師們，開一間以孩童為對象的補習班……她們打算在市府當局比較影響不到的地方，教導孩子。那天，她就是出門去討論這個計畫……結果沒再回來。」

楊眠握緊拳頭，用力敲打方向盤。

在後座的烏鴉哇地叫了起來。

「我不會忘記。不管遇到什麼事，我都不會忘記，我會一直記得。那天早上，天陰陰的，好像隨時會下雨。我牙痛得要命，所以要去看牙醫。本來那天我休假，答應要照顧兒子，可是，她體諒我不舒服，於是帶著兒子一起去。我兒子躺在有藍色車篷的嬰兒車上，她則是穿著米色夾克，胸前有小花刺繡。我們說好我看好牙齒後，下午如果沒有下雨，要去森林公園散步。我們在門口親吻道別。我也親了兒子的臉頰。兒子開心地笑出聲音，雙腳不斷踢著。他穿著好小一雙白色襪子，上面也有花的刺繡，是紫羅蘭。我還記得。我不曾遺忘任何一個細節。我忘不了。」

「楊眠……」

車子停下了。

「抵達目的地。」

導航系統的聲音告知抵達目的地。是在火藍的店門口。

「抱歉，我太激動了……我們才剛認識，真是太失禮了。」

「別這麼說……謝謝你送我回來。」

火藍不知道該不該說。

她問自己是否該跟他提起沙布的事。她無法確認是否能夠百分之百信任眼前的男人。

「阿姨。」

有人撲進剛下車的火藍懷裡。

「哎呀，是莉莉啊。」

「阿姨，妳今天怎麼沒開店？生病了嗎？」

楊眠從車內對莉莉說：「莉莉，別擔心，阿姨只是有事要辦而已。她明天就會烘焙瑪芬了，一定會。」

莉莉眨眨眼，嘴巴張得大大的。

「咦，舅舅？你又來吃飯了嗎？為什麼你總挑有雞肉跟蘑菇料理的時候來呢？」

「妳看，她就是這樣，很過分吧？」

楊眠苦笑。

他探出身子來，對火藍說：「可以的話，最好明天就開店吧。好好做妳該做的事，火藍。」

「嗯。」

「不可以絕望。不管遇到什麼事，都不能放棄。感到絕望，覺得什麼都做不到，自己先放棄的話，就真的輸了。雖然也許放棄會比較輕鬆……」

火藍將手放在莉莉頭上，搖搖頭。

「不，我不放棄，因為我有責任。」

「責任？」

「對，責任。我是一個大人，跟這個都市一起走過很長的一段時間。我認為我也很認真過日子。然而，結果是ＮＯ.６這個都市……在某個地方犯了很大的錯誤。我不知道到底是什麼地方錯了……但是，我要負責……不能讓我兒子跟你的兒子，還有像莉莉這樣無辜的孩子們遭遇不幸啊。」

「噓！」

楊眠豎起食指。

有一名年輕女孩子騎著腳踏車從車旁經過。

「我了解妳的心情，不過，這種事情別隨隨便便就在不知道誰會聽到的場所說。」

莉莉噗地笑了出來，她拉拉火藍的裙子。

「舅舅老是這麼小心翼翼。明明那麼大個人了，還那麼膽小。」

「長大之後，就會發現什麼是真正可怕的事情了，莉莉。」

「我最怕生氣的媽媽。真的好可怕哦，爸爸也說媽媽最可怕。」

「沒錯，妳媽媽的確很可怕。」

火藍笑了。

莉莉的媽媽很苗條，但是她總用從身材無法聯想的大聲音斥責孩子。

「莉莉，還有楊眠，還有那邊的烏鴉先生，如果有時間的話，要不要進來坐坐？雖然沒有瑪芬可以招待你們，不過如果不介意的話，我馬上可以弄鬆餅給你們吃。」

「真的嗎？太棒了！」

莉莉用力握緊火藍的手。

好嫩的觸感。火藍的內心充滿疼愛的感覺。

不能讓這個孩子遇到跟沙布一樣的命運。

而且，我一定要救出他們兩個人。

對……我們有責任。

火藍對上楊眠的眼睛，凝視著他那讓人聯想到烏鴉羽毛的眼眸。

火藍點點頭，解除店的門鎖。

「莉莉，請進。你也請進，楊眠，我還有事想跟你說。」

就在這個時候，火藍的眼前有黑色的小影子掠過。

有振翅聲。

「怎麼了？」

從車子裡下來的楊眠，順著火藍的視線環顧四周。

「蜂……我覺得有蜂飛過去。」
「蜂？雖然天氣還暖和，但是應該沒有蜂了吧？」
「說得也是……」
現在是冬天，不可能有蜂出沒。
也許只是有隻蟲受到陽光的邀請，獨自四處遊蕩而已。
只是，為什麼會覺得心緒不寧呢？
「阿姨？」
莉莉抬頭望著站在門口不動的火藍。
「啊，對不起。請進。」
我太敏感了。一定是累了。
火藍這麼對自己說之後，打開了門。
一走進家中，她用力搖搖頭，似乎想要甩掉殘留在耳朵深處的小小振翅聲。

3 天涯的盡頭

人類從拉的眼睛誕生。創造天地萬物的拉，是太陽，也是眾神的統治者，在這裡成為最初的地上之王。

（《少年少女世界文學全集（1）》埃及神話，天地之始，永橋卓介譯，講談社）

朦朦朧朧。

什麼都朦朦朧朧又曖昧。

可是，我一定要醒來……

沙布拚命想要睜開眼睛。

她使盡全力用力咬唇。只有些許疼痛。

感覺從這個地方開始回來了。

沙布發現自己被綁在擔架上。

白色的門開了，自己被送進裡面。
還朦朦朧朧的視覺無法確定那裡有什麼。
身體被移往旁邊。
「咦，醒了嗎？」
男人的聲音。
「妳不需要醒來啊。那麼，給妳打一針麻醉吧，妳再好好睡一覺。」
「這裡……是哪裡……」
「妳覺得呢？」
我怎麼了？
發生什麼事了……
我去紫苑家……
穿著治安局制服的男人。
「是沙布小姐吧？」
脖子的衝擊，身體的麻痺。
沙布幾乎要尖叫了。
她的嘴唇張開了，聲音卻幾乎發不出，牢牢地黏在喉嚨深處。

「監……獄。」

突然傳來高亢的笑聲。

男人在笑。

「妳喜歡監獄嗎？好像還滿喜歡的嘛。好，手術結束後，妳就住在特別室等死吧，我來替妳安排。」

手術？

「手……」

「對，妳現在躺在手術台上。」

男人的聲音裡含著笑。

視界裡閃耀著白色光芒。沙布知道那是手術無影燈的光線。

恐懼，比被治安局局員拘捕當時還要強烈的恐懼貫穿沙布。

淚水滑落。

「沒什麼好哭的，不痛也不癢的哦。好了，休息吧。」

紫苑、紫苑、紫苑。

這個名字會守護我遠離一切邪惡。

救我。

救我離開這裡……紫苑。

「紫苑。」

聽到有人叫自己，紫苑停下腳步。

護衛用的大型犬低吼著。

「力河叔叔。」

飲食店粗糙的玻璃門被打開，力河從裡面走出來。雖說粗糙，在西區商圈裡已經算是好的了。

大多數的商店只在路上排列一些木桶跟箱子，料理也是一些不知道用什麼材料做出來的東西。

強烈的酒精跟來歷不明的料裡發出來的異味混雜在一起，飄出怪味，從店門口傳到路上，紫苑有時候會受不了地摀住鼻子。

即使如此，這些店門口還是會有許多肚子餓的小孩跟乞討的老人徘徊。有些是為了乞討食物而逗留，有些則是凝視著將食物送進嘴裡的大人們。老闆會大聲斥責或是潑水，像是追趕野狗野貓般地驅離人群。

在飢餓的人們面前享用當天食物的顧客們，大口咬著食物，任由油脂弄髒嘴巴，最後再舔乾手指。

有錢，有能耐。

在這裡，這兩點是得到食物的唯一條件。

這幾天學到的。

但是紫苑好不習慣，無法直視眼前的風景，只好別開視線低下頭。

「可以讓你覺得舒服的話，你就施捨他們吧。但是前提是，如果你能滿足所有飢餓者的話。」

老鼠這麼說。對現在的紫苑而言，那根本是天方夜譚。

「你半吊子的慈悲心能做什麼？也許能讓幾個小孩子暫時從飢餓中解放。可是，那只不過是再創造出挨餓的跟沒挨餓的這兩種人罷了。紫苑，我告訴你吧。曾經吃飽過的傢伙，比沒有那種經驗的傢伙，還要更難忍受飢餓。沒有比忍受吃飽後的飢餓還要痛苦的事了。聚集在這裡的孩子們，全都不曾有過吃飽的經驗，不知道什麼叫做吃飽，所以能夠忍受，懂嗎？你在這裡能做的事情，就是什麼都不要做。」

丟下這些話之後，老鼠便出去了。

在出去之前，他在門口停了下來，並回頭。門邊趴著一隻茶色的狗。

「對了，借狗人借了一隻護衛用的狗給你吧？薪水也比一般多，看來他很喜歡你嘛。」

「他應該會雇用我一陣子，說要我幫忙打掃客房跟照顧狗。」

「你做嗎？」

「當然，我太高興了，連連向他道謝。」

「哎唷，ＮＯ.６的菁英那麼喜歡打掃跟照顧狗的工作啊，你可真墮落。」

「我不那麼認為。你也沒有那個意思，你一點也不覺得我墮落了，不是嗎？」

老鼠端正的臉稍微綠了，只好裝作不以為意。

「對了，紫苑，你今天不是從借狗人那裡拿到薪水了嗎？去買點肉乾跟麵包回來。」

「去市場買嗎……」

「你還知道其他賣食物的地方嗎？」

「是不知道……但是……」

「肉乾跟麵包。買的時候看清楚，別漫不經心，買回一些發霉又硬得跟磚塊一樣的石頭麵包。還有，記得殺價，能殺多少就殺多少。我走了。」

門被關上，腳步聲愈來愈遠。

在那些孩子面前買肉乾跟麵包。

老鼠要我去做這種事。

肉乾跟麵包。

紫苑的肚子咕嚕地發出聲音，口水不斷分泌。他只有中午吃了借狗人準備給他的一片麵包跟水果。

肚子好餓。

好幾天沒吃到肉乾、軟麵包了。

肚子又叫了，口水不斷分泌。

好想吃東西，好想快點滿足空無一物的胃。

紫苑嘆了口氣，戴上帽子，深深壓低。

你半吊子的慈悲心能做什麼？

他反覆思考老鼠的話。

老鼠說得沒錯，我什麼也做不到。

我只是假裝憐憫孩子們，安慰自己的良心罷了。

為了滿足自己的飢餓，打算在那些孩子們的注視下，買肉跟麵包。

這就是我的真面目……

老鼠，這就是你想說的嗎？

口袋裡有幾枚零錢，是借狗人發給他的日薪。

「裡面包括了你今天照顧我兄弟的謝禮，不是每天都這麼多喔。」

借狗人以略微生硬的口吻這麼說。

真感謝他的關心。也許就一天的報酬而言，這些是太多了，然而卻也只能買到幾塊肉乾以及兩、三個沒有發霉的麵包。

塞滿書的房子裡，幾乎已經沒有吃的了。

也不能總是靠老鼠，所以，就算不多，也必須用自己的力量去獲得生存下去的糧食。

紫苑推開門往外走。

大狗遲緩地站起來，跟在後面。

當紫苑踏入市場那條路時，牠便用同樣的速度緊跟在紫苑身旁。

訓練得真好，看來借狗人調教狗的手腕很厲害。

紫苑苦笑著想，來到西區之後，一直是驚訝、佩服連連。

已經傍晚了。

天色漸漸暗了，嬌喝聲與怒斥聲愈來愈明顯。

人們在破爛的帳篷裡、臨時搭建的棚屋前，買、賣、吃、喝東西。

當溫暖的白天流逝的同時，大地開始急速冷卻。

也許借狗人的飯店生意會很興隆。

今天將會是一個無處可取暖的人們，難以度過的一夜。

露著酥胸的女子們躲在暗巷裡出聲招客，在同一片昏暗的天空下，還有衣衫襤褸的老婆婆蹲在旁邊。

孩子們巧妙地避開人群，嬉戲著，不過有時候還是會被怒斥。而人們則是繼續買、賣、吃、喝。

不知道明天會發生什麼事，總之今天是活下來了。

所以，我要吃。

所以，我要喝。

在這裡，這才是最重要的。

我只是在活著的今天，享受化成一堆白骨後，就不能做的事情。

這才是最重要的。

在這裡，這才是最重要的。

我最重要的事情。
空氣中傳來不成調的歌聲。
紫苑停下腳步，聆聽那個聲音。
他雙手抱著一包剛買到的肉乾跟麵包。
喧鬧嘈雜聲蜂擁而至，雜七雜八的喧譁聲彷彿從地底下冒出來。
還有執著於生的人們醞釀出的能量從旁經過。
在這裡，每個人都緊抓著生，貪婪地想要繼續活下去。
正因為沒有任何東西能保證明日的生，所以人們都用盡辦法想要活下去。
那樣的能量、這樣的喧譁，不存在於NO.6，不允許存在於NO.6。
老鼠是抱著怎樣的想法，走這條路的呢？
「哥哥。」
傳來細微的聲音。
旁邊站了一個身上裹著褪色布料的小孩。蓬頭垢面，分不出是男孩還是女孩。
「請施捨我一點麵包。」
他用著蚊子叫的聲音不斷重複乞求。
「我已經三天沒吃東西了。求求你施捨我一點麵包。」

這孩子的長相有點像紫苑在下城認識的女孩，一個名叫莉莉的女孩。

「麵包……」

他伸出小小的手。

紫苑的手反射性地伸進袋子裡。

正當他拿出一塊圓形麵包時，突然背後一陣衝擊。有人從後面撞他。一陣暈眩。

這時，小手趁紫苑站不太穩時，搶走紫苑手上的袋子。

就在同時，背後又被撞了一次，這次讓紫苑膝蓋著地。

「快逃。」

小孩嘴裡吐出跟剛才判若兩人的宏亮聲音。

幾個小孩嘩地從紫苑身旁一哄而散。

大狗沒有吼叫，只是腳一蹬，朝著搶奪袋子的孩子襲擊而去。

哀號聲響起。

小孩雙手緊抱著肉乾跟麵包的袋子，趴倒在地上。幾片肉乾跟一個麵包掉了出來。

大狗用腳壓住小孩的身體，齜牙咧嘴。

「住手！等一下！」

紫苑馬上叫了起來。大狗服從命令，闔起嘴巴，不滿似地抬頭看著下命令的紫苑。

小孩並沒有錯過這個機會，他立刻彈跳起來，抱著袋子跑了起來。動作靈敏得就像是野生小動物。

一眨眼的工夫，小小的背影已經消失在人群中了。其他孩子的身影也突然消失了。

「好厲害……」

實在漂亮的手法，讓紫苑不由自主地發出感嘆聲。

接著，他發現現在不是佩服的時候，連忙開始撿腳邊的肉乾跟麵包。看到只剩不到三分之一的食糧，老鼠會怎麼說呢？

只是沉默不語地聳聳肩嗎？或是會露出諷刺的笑容呢？

紫苑脫掉上衣，將麵包跟肉包起來。

晚餐跟老鼠分吃這些。

那些孩子們也是吧。跟同伴分享，只吃少量的食物。

幼稚又沒有意義的慈悲心。他知道會被老鼠狠狠批評，卻覺得些許安心。

至少，那些孩子今晚有東西吃。

自己現在沒有能力解放那些孩子們的飢餓，也無計可施。

但是，如果這些肉跟麵包能讓他們暫時忘掉肚子餓的話，應該也是有點意義的吧。

認為無計可施就放棄是很容易的事情。容易，但卻傲慢。

老鼠，你不這麼覺得嗎？

「小兄弟。」

賣串烤的店裡傳出老闆娘嘶啞的聲音。

「可以別站在我店門口發呆嗎？很討厭耶，你妨礙到我做生意了。」

「啊，對不起。」

紫苑急忙低頭道歉，然而老闆娘忙於招呼其他客人，早已沒空理會紫苑。

在這裡，沒有人會去管別人的事情，也毫無興趣。

就算路上發生搶劫、乞丐死在路旁、有人開始吵架，都沒有人會關心。

這些都已經融入日常生活中了。

「好了，我們回去吧。」

當紫苑催促大狗時，發現牠嘴巴不停嚼動著。

「咦？你該不會……」

大狗將嘴裡的肉吞下，看起來就像在笑。

「你什麼時候撿肉乾吃了？動作比我還快嘛。」

大狗桃紅色的舌頭舔了舔嘴巴周圍後，便邁開腳步走了。

感覺好好笑。

紫苑就是在追著狗走後沒多久，被力河叫住的。

力河表面上在出版成人猥褻雜誌，背後卻以仲介賣春為生。

他的顧客當中，也有NO.6的高官，老鼠說他沒有道德又狡猾，賺了很多黑心錢。

力河也是母親火藍要他去找的人。

根據力河所說，很久以前，在NO.6還沒用堅固的特殊金屬牆隔開之前，他認識了火藍，陷入了愛河。

只不過，陷入愛河的只有力河單方面，當時的火藍，只是對身為社會記者的力河所寫的報導持有同感而已。

「簡直就像墮落的人類的典型範本。」

這也是老鼠說的。

然而紫苑覺得以前曾愛過母親的力河，有一種瀟灑的感覺，他很喜歡。這個人並沒有全然墮落，還保留著些許社會記者的骨氣。

紫苑這麼覺得。

力河的臉因為酒醉而赤紅，連眼睛都充著血，看來應該喝了不少。

「力河叔叔，你不稍微控制一下酒精，身體會搞壞喔。」

「紫苑，你真關心我，感覺就像火藍在勸誡我一樣。之前她也這麼對我說。她說，不能這樣喔，力河，要稍微替自己的身體著想一下。」

「之前……家母這麼說的嗎？」

「對，不過是在夢中。自從跟你見面後，火藍常常出現在我夢中。每次出現都以悲傷的表情勸誡我。別喝太多酒、別自暴自棄、別迷失自己該做的事……」

力河的臉頰上出現跟酒醉不同的紅潤。

他別開臉，避過紫苑的視線。

「夢終究只是夢，她也已經有你這麼大的兒子了，外表跟心靈應該跟年輕的時候不同了。」

「她是老了幾歲，也胖了點……但是，要是她現在見到你，一定會講跟你夢裡一樣的話，因為她的個性就是那樣。」

力河似乎想說點什麼，口齒不清地蠕動雙唇。

「別說火藍了……老實說，我還是會覺得難過……今天你一個人？」

「我跟狗一起。」

「就是那隻從剛才就覺得我很可疑，一直盯著我看的傢伙嗎？別咬我唷，笨狗。這可不是我自豪，我的肉裡、血裡都是濃濃的酒精，要是你咬到我，你馬上就會因為急性酒精中毒而躺平唷。」

大狗翻翻眼珠看了眼這個喝醉的男人，似乎很厭惡地動動鼻尖，皺起眉頭。太滑稽，紫苑笑到彎腰。

「真是的！這是什麼狗啊……不過，你身旁除了狗之外，還有別人嗎？」

「你是指老鼠嗎？」

「對啦，就是那個人小鬼大、又喜歡諷刺人的戲子。真是的！沒看過嘴巴那麼賤的傢伙。」

「你不是他的戲迷？」

「那是我還不知道他的真面目。舞台上的伊夫真的很棒，我沒想到他會是個想說就說、一點都不懂禮貌的小鬼。那麼漂亮的一張臉，為什麼講得出那麼狠毒的話呢？真是的！」

「因為老鼠只說實話。」

不管他說的話多麼辛辣、多麼無情，也絕對都是事實。因此他的話會成為刀刃、箭矛，刺進這個胸膛，留下忘不掉的痛。

那是如果沒遇到老鼠，一輩子都不會知道的痛。

每當胸膛的深處不斷地發疼時，紫苑知道自己的某個地方又出現變化了，雖然不多，但是漸漸地改變了。

當某處崩塌時，就會有某處重生，出現嶄新的自己。

老鼠的每一字、每一句，都讓紫苑出現伴隨痛苦的變化，並促使他不斷變化。

「紫苑，如果你覺得辛苦的話，可以來找我。」

紫苑清楚地知道，因為他人而漸漸改變的自己。

跟紫苑並肩走著的力河這麼說。

充滿酒味的氣息撲上紫苑的臉。

「辛苦？你是指什麼事？」

「別隱瞞，不需要瞞著我。跟伊夫那種人在一起，不痛苦才奇怪。而且，你們一定住在很破爛的地方吧？有沒有好好吃飯？我想應該是我想太多了，不過如果你受到伊夫的影響，個性也變得跟他一樣偏激，那就不好了……嗯，沒錯，我不能讓火藍的兒子有這種命運。你來跟我住，我會讓你吃好的、睡好的。」

「不用了，我沒問題啦。」

「但是，火藍不是要你來找我嗎？」

「是沒有錯，但是我不想給你添麻煩……我沒問題，還過得下去。而且跟老鼠在一起還滿快樂的。」

「跟那種爛個性的人在一起怎麼可能快樂！別逞強，我看你過得很辛苦吧？連上衣都沒得穿，真可憐。」

「不是，因為我把上衣拿來包麵包跟肉……」

不過，力河並沒有聽紫苑的回答，獨自環顧四周，一個人嗯嗯嗯地點著頭。

「正好有一家好店，我們進去。」

力河拉著紫苑的手，往一家衣服堆積如山的店裡走去。

這似乎是一家二手衣店，店裡的天花板上垂吊著各式各樣的衣服。從感覺就像二手衣的衣服，到看起來像新的衣服，應有盡有。

「歡迎光臨。」

一名體格不輸給剛才串烤店老闆娘的女人，從衣服堆後頭突然冒出來。一看到客人是力河，馬上就堆滿笑容。

「哎呀，原來是力河先生，歡迎光臨。如果您要找送禮用的洋裝的話，我最近進了一批非常棒的貨，要是女孩子收到這樣的洋裝，一定非常高興。」

「不，今天不買女孩子的。幫我替這孩子找些合適的防寒衣。」

女人瞇起眼睛，視線掃過紫苑全身。

「好可愛的小少爺，頭髮的顏色真漂亮，現在年輕人流行這種顏色嗎？」

紫苑重新把毛線帽拉低。

有光澤的白髮連在昏暗的店內，也非常醒目。

不知是從寄生蜂的羽化活下來的代價，或是副作用，紫苑的頭髮在一夜之間喪失了色素，而且出現了彷彿蛇行痕跡般的紅色疤痕，從腳一直延伸到脖子。

疤痕可以用衣服遮蓋，可是頭髮沒辦法。

一張年輕的臉龐頂著一頭白髮非常特異，引人注意。

在西區，年輕人因為營養不良而掉髮或冒出白髮並不罕見，彷彿剛邁入老年一般，明顯出現白髮的孩子也很多。

不過，白得像紫苑這麼徹底，又有光澤的人卻很罕見。

「你這已經超越白，可以說是透明了。老實說，我覺得比以前漂亮。」

連老鼠都曾用手觸摸他的頭髮，這麼讚嘆過。

「您公子？不可能吧。」

女人仍舊堆滿笑容看著紫苑，彷彿在估價一樣，讓紫苑覺得很不自在。

「力河叔叔，那個……我不需要防寒衣。」

「你說那什麼話，這裡的冬天很冷。你瘦得跟竹竿一樣，沒防寒衣怎麼過冬？喂！快點拿出來。沒有的話，我去別家了。」

被力河一瞪，女人慌了。

「當然有，才剛進貨呢！請稍待。」

女人從骯髒的門簾後面抱出一堆衣服出來。

「請您自己選選看，這些全都是上等貨哦。」

是不是真上等，還有待商榷，不過種類倒是很豐富：大衣、短大衣、毛衣、厚披肩、運動衣……大小、素材、顏色，各式各樣的衣服堆積如山。

「原來有的地方，還是有。」

紫苑不自覺地喃喃自語。

在穿著破爛衣服、冷到發抖的人們身旁，就有這麼多的衣服。乍看窮到不行的西區，其實還是有明顯的貧富差距。

「紫苑，別客氣，喜歡哪一件就拿。」

「可是，力河叔叔不需要對我這麼好……」

「沒關係，火藍的兒子就像是我的兒子，你就當作是父親買給你的吧。」

紫苑眨著眼睛，凝視力河赤紅的臉。

似乎因為酒精的關係，他無法像平常一樣控制自己，也許他現在講出來的話正是他的心聲。

力河應該沒有家人，一直孤獨住在西區吧。而他現在要對著以前愛過的女人所生的兒子，演出模擬家人的戲碼。

自由與孤獨。以NO.6的高官為對象，進行檯面下交易的強韌，以及厭倦獨自生活的脆弱。

人真是複雜。

強韌與脆弱、陰與陽、光與影、聖與邪。每個人都擁有這樣的一體兩面。

從在NO.6學習到的龐大知識，可知人類的實體形象是無法計算的。

人體的遺傳質數約三萬兩千，蛋白質數約有十萬種、鹼基配對約有三十億種、神經元、膠原蛋白纖維、巨噬細胞、肌肉的層次構造、血液循環量……

知識並不是無用的，絕對不是無用的。

然而，要理解人類，那又是另一個次元的問題了。

從可以換算成數字的情報及知識，是無法捕捉到活生生的人類的複雜度及實際形象的。這是跟老鼠在這裡生活後學到的。

「那我就不客氣了。」

「當然，這樣才對。想要哪一件？有沒有中意的？」

紫苑拿了一件偏黑的厚大衣。

「就這件，看起來好溫暖。」

「要選顏色這麼單調的大衣嗎？那麼，毛衣就選花稍的。你這麼年輕，明亮的顏色比較適合你喔。」

「不，不用買那麼多。」

「你說那什麼話，光一件大衣怎麼夠禦寒。」

「就是啊，小少爺，我們的毛衣特別暖和，你試穿看看。」

女人抓緊時機從衣服堆中拉出毛衣。

山崩了。

整堆的衣服如雪崩似地散落一地。

「哎呀，糟糕，真對不起。」

力河嘖了一聲。

「妳在幹什麼！這樣怎麼選？對吧，紫苑。紫苑……怎麼了？」

明明力河就在旁邊說話，但卻傳不進紫苑耳裡。因為紫苑正盯著出現在崩塌的衣服底下的東西。

聲音跟顏色都消失了，只剩下那個東西飄浮在紫苑的視界裡。

灰色的短外套。

帶點藍色的柔和色調、上等的觸感、袖口的大鈕釦……他看過。

「這是……」

抓著外套的手顫抖著。

肩膀的地方有裂痕，不過已經用黑線簡單縫過了。少了一顆鈕釦，只留下被拉扯掉的痕跡。

紫苑的手顫抖著，想停卻停不下來。

「你喜歡那一件？可是那是女裝耶。雖然是上等貨，但是對你來說太小了，剛才的黑色大衣比較適合你。」

「妳在哪裡拿到……」

「什麼？」

「妳在哪裡拿到這件衣服的？」

紫苑大叫。

雖然他沒有威嚇的意思，但是女人還是挑了挑眉，往後退了半步。

「這件外套是從哪裡……從哪裡拿到的？」

「紫苑！」

力河從後方抓住紫苑的肩膀。

「怎麼了？你幹嘛那麼激動？這件外套有什麼問題嗎？」

紫苑倒抽一口氣，抓緊外套。

「這是……沙布的。」

「沙布？沙布是誰？」

「朋友……很重要的……」

「朋友？在那個都市裡的朋友嗎？」

「對。」

「是不是看錯了？類似的衣服到處都有。」

紫苑咬緊牙根，企圖壓制手指的顫抖。他搖搖頭。

不會有錯，這就是沙布的外套。

沙布唯一的親人——她的祖母送給她的這件外套，在紫苑男人的眼睛看來，高貴又可愛，非常適合輪廓很深的沙布。

「妳祖母真的很了解妳，她選的東西都很適合妳。」

「是啊，她是一手帶大我的人嘛。紫苑，如果是你的話，你會選怎樣的外套送我？」

「啊？我的薪水買不起那麼高級的外套。」

「只是打比方而已啦，我想知道你會選怎樣的東西嘛。」

「嗯……好難。」

「想啊，解難題不是你的強項嗎？」

去年，兩人聊著這樣的話題，走在冬天的大馬路上。

冬天的陽光從掉光葉子的樹枝間灑落在沙布頭上，外套也閃耀著淺淺的光輝。

那時候，紫苑第一次覺得青梅竹馬的少女好美。

冬天的陽光、溫柔的微笑、灰色的外套。

是沙布的外套，絕對沒有錯。

為什麼這件外套會出現在這裡？為什麼？為什麼……

「為什麼？」

紫苑逼問女人。

「妳在哪裡、如何拿到這件外套的？告訴我，快點！」

「紫苑，別激動。」

力河跨出一步，擋在女人面前。

「喂，這從哪裡進貨的？從ＮＯ．６流出來的嗎？還是……」

女人臉上諂媚的笑消失了，換上不可一世又充滿懷疑的表情。

「你們在說什麼？真是的！我是因為是力河先生，才這麼親切地招呼你們，你們到底想怎麼樣？我從哪裡進貨跟你們沒關係吧？還是怎樣，你們想要雞蛋裡挑骨頭，乘機殺我價是吧？哼！別笑掉人家大牙。」

「我們絲毫不想跟妳說笑。為什麼不能講？妳在小心翼翼什麼？難道是從不能說出口的黑市進貨的嗎？」

「開什麼玩笑！我可是打開門堂堂正正做生意。如果你們想要挑毛病的話，就請回吧。走！快走啦。」

女人大聲嚷嚷著。

看她怎麼都不肯說，力河乾脆扭著她的手，把她壓在桌子上。

「你要幹嘛！你不是人！」

「如果不想手被折斷的話，就快點招！到底如何弄到這件外套的？」

「從NO.6的垃圾場撿來的啦，就漂在從那裡排出來的污水裡。我只是撿來的啦。好痛！」

「垃圾場會排出污水？我最近沒聽說有這種事啊。」

「是很久以前的事情……隨便都可以啦。反正我就是撿垃圾回來嘛，要怎麼處理是我的自由吧，輪不到你們說三道四。」

「妳說謊！」

紫苑叫著說。

「不可能是那樣！這是沙布最重要的外套，她不可能丟掉。」

「店裡在吵什麼？」

店裡後方的門開了，有個男人走進來。

體型龐大的男人。身高大概有兩百公分吧，體重也許將近一百公斤。頭上一根毛也沒有，表情看起來有點扭曲。

已經是這個季節了，他身上卻只穿一件短袖上衣。粗厚的雙手手臂上，紋著蠍子跟骷髏的刺青。

「老公！你回來得正好，快幫我把這兩個人趕出去。」

雖然還被力河壓制著，但是女人笑了。

「我老公的力氣可不是開玩笑的唷，扭斷脖子可是家常便飯。如果你們還想活命的話，就快走。」

力河放開女人，一副滿不在乎的模樣。

「老公，你在磨蹭些什麼啦，給這些傢伙好看啊。」

男人沉默。沉默地低頭。

「唷，好久不見了，肯克。沒想到你變成二手衣店的老闆了。」

「從一個月前開始……」

「那真恭喜你了。那，能不能麻煩你，問問你這位漂亮的新婚妻子，究竟這件外套是從哪裡得來的呢？你太太很固執，不肯說實話。」

這名叫做肯克的男人，盯著紫苑手中的外套看了一會兒之後，轉頭對女人說：

「跟力河先生說實話！」

「你怎麼了？為什麼要聽這些傢伙的話？」

「我以前受過力河先生的照顧。快說！」

被肯克盯著看的女人，恨得牙癢癢的。一臉不甘心的她，哼地別過頭。

「我只是從中盤商那裡買來的，我哪知道那傢伙從哪裡弄來的。」

力河不以為然。

「妳說謊，妳怎麼可能不知道商品來自哪裡。」

「不知道就是不知道啦！關我什麼事！」

力河制止握住拳頭，往前邁出一步的肯克，問道：「那麼，告訴我妳口中的那個中盤商是誰，只要知道名字，我大概就知道東西從哪來了。」

女人不回答。

力河從胸前的口袋裡掏出幾張紙鈔，塞到女人手上。

「妳只是喃喃自語中盤商的名字而已，我們是偶然聽到的。事情就是這樣，不會給妳添麻煩。」

女人斜眼瞄了一眼手上的紙鈔，依舊別開頭對著旁邊說。

「借狗人啦，一個利用狗做生意的怪小孩啦。」

蹲在紫苑腳邊的大狗耳朵抖了抖。

力河低聲沉吟。

「借狗人嗎……那來源是監獄吧。」

「監獄！」

「沒錯，我聽說那傢伙在背地裡販賣犯人的私人用品。」

心臟停了。

紫苑覺得自己的心臟不動了，無法呼吸，耳朵深處響起微弱的聲音。
監獄、犯人、監獄、犯人、監獄……
「妳是說……沙布人在監獄裡？」
「對，而且應該沒有受到很好的招待，她應該是被抓了……很可能是一名犯人。」
紫苑緊抓著灰色外套，衝出服飾店。
借狗人，我要去找借狗人，我要問清事實真相。
「紫苑！」
力河的呼喚聲在紫苑的背後化成一陣風，消失得無影無蹤。

那個男人從剛才開始，走路的樣子就怪怪的。感覺好像喝醉似地，搖搖晃晃，走得很不穩。
十二歲的少年樹勢覺得很奇怪，便停下腳踏車。
樹勢一家人居住的公寓在左手邊，就在住宅區處處可見的小公園的一角。雖然比不上森林公園，倒也是個綠意盎然的寧靜地帶。
他一邊推著十二歲生日時，父親送給他的登山公路兩用腳踏車，一邊用目光追著那個男人的背影。

他很在意，無法視若無睹。

雖然母親老是怨嘆說：「別管別人的事，你太愛管閒事了，這樣不好。是不是遺傳到你祖父啊！」但是樹勢卻由衷覺得，如果能遺傳到祖父，那就太棒了。

樹勢非常喜歡祖父。以前曾是船員的祖父，從小就讓樹勢坐在他的膝蓋上，講故事給樹勢聽。

從未見過的大海、如山一般龐大的白鯨、整年都冰封在雪與冰裡的大地、飛舞於空中，成千上萬的蝴蝶群、住在雲端上的巨人、沉睡於海底的神秘生物、妖精、魔法、眾神的爭執……

雖然母親很不喜歡，不過樹勢有一陣子很沉迷祖父告訴他的神話故事。

長大後，開始上教育局指定的教育機關後沒多久，就被教師指出有幻想癖，遭到注意，還被指出如果再這樣下去，將來會有問題。

母親哭泣、父親驚慌失措，而樹勢則被轉到特別課程，接受一年的特別指導。

幾乎是強制性的。從祖父的書架上借來的古書全都被丟掉，幾個月後，祖父也不見了。他去了「黃昏之家」。

大家都說對一個老人而言，那是最大的幸福。

然而樹勢卻因為再也見不到祖父，好多夜晚都躲在棉被裡哭。哭著睡著的夜裡，他總會夢到祖父留下的神話故事的夢。

一年過後，樹勢已經不講巨大白鯨，也不講擁有透明翅膀的妖精了。大人們終於安心了，然而，神話故事仍秘密地、栩栩如生地潛伏在少年的心靈深處，這是絕對拭不去的。

可能是因為這樣吧，樹勢現在仍會在意別人的事。

這個人從事什麼工作呢？

他心裡在想什麼呢？

樹勢總會不知不覺地思考起來。同時他也學會不把想法說出口。

「啊！」

樹勢不自覺地發出聲音。

因為男人跌倒在山毛櫸的樹根旁，痛苦地呻吟著。

樹勢停好登山公路兩用腳踏車，跑向男人。

他覺得好像有什麼黑色的東西，從趴倒的男人身體裡飛出來。不過他沒時間確認。男人全身痙攣，馬上就不動了。

「那個……叔叔……」

樹勢有點害怕地叫他，並探頭望向男人的臉。

下一瞬間，樹勢尖叫了起來。

4 真實的謊言，虛構的真實

國王的耳朵，是驢子的耳朵。毛茸茸的，驢子的耳朵。一顫一抖的，驢子的耳朵。

（《少年少女世界文學全集（1）》埃及神話，國王的耳朵是驢子的耳朵，田中秀英・中川正文譯，講談社）

老鼠漫步在夜路上。

在這裡，夜跟黑幾乎是同義詞。

當自然光退去後，這裡就成了漆黑一片的世界，所有的一切都被塗得烏漆抹黑。

有時會從只能勉強遮蔽風雨的棚屋裡，透出細微的亮光，不過幾乎馬上就會熄滅，只剩下黑與寂靜與連衣服底下的肉體都會凍僵的嚴寒，支配著暗夜。

連嘴裡呼出來的白色氣息，都會被黑暗吞沒。

老鼠突然仰望天際。

有無數顆星星閃爍著。天是晴朗的。

明天早晨大概會更冷吧。又會有好幾個人在寒風中死去。

滿天恆星下殘酷的命運。

這塊土地上，沒有一個人會覺得冬天的星空是美麗的。

老鼠停下腳步，凝視著遠方耀眼的都市。

聳立在黑暗中的光之城，神聖都市NO.6。

彷彿摸到的東西全都會變成黃金的米達斯國王的神話一般，都市整體閃耀著金色光芒。

在冰凍的黑暗中，老鼠淡淡地笑了。

米達斯國王得到點石成金的能力，卻從此不能吃東西，連最疼愛的女兒也被他自己變成金塊。他終於領悟到自己的貪念與愚蠢，懇求神明原諒。

NO.6，你呢？

俯視著漆黑，獨自散發光芒的欺瞞與虛構的都市啊，有一天你也會跪地求饒嗎？

不過，沒有任何一個神明會原諒你。你會身穿金縷衣，崩塌、燒盡、灰飛煙滅。

我一定會活下去，活下去，親眼看著你的命運落幕。

老鼠重新裹好超纖維布，再度邁開腳步。

被紫苑取名為哈姆雷特的小老鼠從超纖維布中間冒出頭來，輕聲吱吱叫。

對，我要活下去，就像過去一樣，就算匍匐在地上，也要想辦法活下去。避開所有危險，養精蓄銳，儲備實力，準備給敵人致命一擊。

保住性命，想辦法活下去，一定要做到……

老鼠伸手摸了摸褲子後面的口袋，裡面有火藍的字條。

沙布被治安局抓走了。救她。火

他還沒拿給紫苑看。

到底該怎麼處理這張紙條呢？老鼠傷透腦筋。

他不知道是該丟了呢？還是乾脆遞給紫苑，撒手不管。

他很清楚，傷腦筋、無法下定決心或是覺得迷惑，對自己而言是多麼危險的事情。

是左還是右、是上還是下、是戰還是退、是捨棄還是守護，剎那的判斷，將決定生或死。

他從來也沒有判斷錯誤，所以才能活下來。

這張紙條有危險。

那麼，就丟了吧。

跟可能會成為致命傷的迷惑，一起埋葬在黑暗裡吧！

這就是正確答案。

為什麼不照辦？

為什麼要特意花大筆金錢，委託人調查監獄？

真是的！我怎麼會這麼愚蠢呢……

他停下腳步。

老鼠站在原地，凝視著黑暗。那是一處生長著稀疏雜木的斜坡，離他居住的地下室數十公尺遠處。

「誰？」

老鼠低聲問。

寒風吹拂，光禿禿的樹枝搖晃，頭頂傳來一陣乾枯的聲音。

黑動了，傳來比風聲還要謐靜的落葉足踏聲。

「你發現得也太晚了點吧？」

響起呵呵的簡短笑聲。

「一點都不像你，你在發什麼呆啊？」

「原來是你，借狗人。」

借狗人的黑色頭髮跟褐色皮膚都便於他隱藏在黑暗裡。可是他都走到這麼近了，我卻沒有發現，實在太大意了。

我是怎麼了？

「還好來人是我，你如果再那樣不經心的話，命再多也不夠你活，伊夫。」

借狗人叫出老鼠的藝名，又再度簡短地笑了。

「我從不覺得你是安全的對象，特別是在夜路上埋伏我的時候。」

老鼠一面這麼回答，一面往後退了半步。

「有何貴幹，借狗人？不可能已經掌握到情報了吧？」

借狗人的語調變了，揶揄的聲音不見了。

「發生緊急狀況了。」

「緊急狀況？」

「剛才……其實是滿早的時候，紫苑來找我。」

「紫苑？」

閃過一股類似疼痛的不安。

「跟洗狗的工作沒關係。他丟了一件灰色外套給我，追問我是不是從監獄裡拿出來的。」

「灰色外套……女裝嗎？」

「沒錯。雖然肩膀的地方有點破，不過是件高級品。是我從監獄那邊拿到，賣給二手衣店的衣服當中的一件。」

沙布，那個少女的嗎？

老鼠別過頭，嘆了一口氣。

「然後呢？」

「然後呢？我還想問你呢！這是什麼戲碼啊？老鼠。紫苑說外套是他朋友的。也就是說，他的什麼朋友之類的人，是被抓進監獄裡的犯人。而你，中午才給我錢，要我去蒐集監獄的情報。別告訴我這兩件事情無關，連狗都不會相信啦。你打算去救紫苑的那個什麼朋友嗎？」

老鼠無法回答，因為他無法肯定也不能否定。

「怎麼可能嘛，你怎麼可能為了不認識的人不要命。」

「不一定會死。」

借狗人在黑暗中深呼了一口氣。

「你在說什麼夢話！那可是監獄耶！就算你成功潛入，也不可能活著出來。老鼠，你不要有這種愚蠢的想法啦。」

「咦？你居然也會擔心我，真讓人意外。」

「我才不會擔心你咧！老鼠一隻，要死要活關我屁事。但是，紫苑呢？那傢伙知道朋友在哪裡囉！他不是一個天然呆的大少爺嗎？他一定認為監獄不過是個服刑的地方而已，只要提出面見的申請，就能見到朋友。如果你不阻止他，那傢伙一定會去，然後……沒命。」

借狗人沉默後，夜彷彿更黑了，連樹枝也寂靜無聲。

「你在這裡等我，就是為了說這些嗎？真是辛苦你了。」

老鼠往前，抓住借狗人企圖避開的肩膀。只要察覺到氣息，他就能將對方的動作摸得一清二楚。

「紫苑想怎樣，是他的事，跟我無關。」

「那你為什麼要偷偷摸摸地四處探聽？為什麼要瞞著紫苑蒐集監獄的情報啊？」

老鼠使力，緊扣骨瘦如柴的單薄肩膀。

借狗人痛苦地叫了出來。

老鼠在他的耳邊呢喃地說：「別多管閒事，你只要做好我委託的工作就好。」手放開了，借狗人單薄的身軀差點站不穩。

「你只對紫苑說了外套的出處，並沒有提及我委託你的事情。」

「當然。」

「老鼠，紫苑會自己跑去哦。」

借狗人甩甩麻到指尖的手臂。

「那傢伙以為你什麼都不知道。那麼，他就會瞞著你自己去。他一定覺得不能把你拖下水，對吧？」

「你又知道了？你是紫苑他爸嗎？」

「不是爸爸也知道啦。那傢伙的個性如何，你應該比我更清楚才是，所以你才會瞞著他私底下運作，不是嗎？」

「囉嗦！」

老鼠的聲音變得粗暴起來，他的情緒動搖，氣息混亂。

不過，借狗人彷彿不在意似地繼續說。

「如果他是你不想失去的重要的人，就好好保護他到最後。為了守護他，就別顧形象了吧。笨蛋！你以為自己有辦法耍帥，瞞著他，什麼都自己一個人解決掉嗎？別那麼自大了吧。」

「借狗人！」

借狗人比老鼠的一步快一秒往後退。膝蓋著地，帶著淺笑。

「你輸了，老鼠。」

「你說什麼！」

「有必須要守護的東西的你，輸了。那是這個地方的遊戲規則，不是嗎？你認命吧。」

老鼠一蹬，跳到借狗人面前，將打算脫逃的對手撂倒在地。

「你說我輸了？少用這種開玩笑的口吻跟我說話。」

「我沒有開玩笑。老鼠，如果是以前的你，哪有這麼容易就被我挑撥，也不可能走在夜路上還呆呆地想事情。」

借狗人以異常冷靜的聲音說：「放開我。」

他站起來後，又嘆了一口氣。

「你還沒注意到嗎，老鼠？」

「什麼？」

響起彷彿要劃破空氣的尖銳口哨聲。

就在口哨聲響起的同時，借狗人後退了幾步。

漆黑的四方，出現許多個赤紅的小火燄。不需要多少時間，老鼠就發現那是狗的眼睛了。

不知不覺被狗包圍了。

所有的狗都安靜無聲，一步一步地縮小圈子。

「這些狗是我訓練來看門的，可不像中午那樣囉。」

借狗人的聲音從比剛才更遠的地方傳來。

「你毫無自覺地就踏入狗包圍的圈子裡了。真是無法想像的失誤啊，老鼠。這就是你現在的弱點。別說紫苑了，你連你自己都保護不了囉！」

在瞬間的沉默後，傳來簡短的命令。

「上！」

狗跳躍。

兇猛又柔軟的身體從蹲著的老鼠頭上飛越而過。

老鼠站起來，用力一踢。

嗚～～

第一次有狗發出聲音，接著撲倒在地上。

老鼠絲毫沒有喘息的機會，下一隻狗撲上來了。牠立刻緊咬老鼠捲上超纖維布的手腕。

老鼠將那隻狗摔落地面，背對著一棵雜木站著。

「借狗人，你再繼續胡鬧下去，我可就不客氣了。」

老鼠抽掉小刀的皮革套，調整氣息，數了數紅色火燄。

還有四隻。

「你最重要的狗被我割斷喉嚨你也不在乎囉？」

幾乎從剛才相同的位置，傳來借狗人的聲音。

「有本事你就試試看啊。剛才只是準備運動，接下來可就不會像剛才那樣優雅地一隻一隻上，會全部一起攻擊你。」

借狗人還沒講完，老鼠就往聲音的方向跳。幾乎在同時，肩膀傳來溫熱的刺痛。

「閃開！」

刀柄敲到狗的額頭。

隨著衣服破裂的聲音，黑狗摔向後方。

「借狗人！」

抓住長髮，拉倒。

壓住身體，抵住褐色的喉頭。

「叫你的狗退下，不然的話……」

借狗人呵呵地笑。

「不然的話怎樣？殺我嗎？」

「如果你想的話。」

「你連一隻狗都不敢殺，會殺我？」

這次換老鼠輕聲笑了。

「因為我今天沒帶替換的刀子。」

「什麼？」

「一沾上狗血，刀子會鈍。我是為了你，才不弄髒刀子的。」

借狗人的身體顫抖了一下。

「混帳，住手！你敢殺我看看，我的狗會全部撲上來，將你五馬分屍。」

「是嗎？你不是牠們的頭頭嗎？我聽說好像頭頭被擊敗的狗會喪失戰鬥力

耶。」

「沒、沒那回事！住手啦，很危險耶。」

「叫狗退下。」

「知道了啦。」

借狗人一彈指發出聲音，狗狗們立刻變換方向，瞬間消失在黑暗中。

「原來如此，你訓練得很好嘛。」

「謝謝誇獎。雖然我不覺得高興。你很重耶，能不能下來了？我跟你不用在這裡演愛情片。」

「那正是我的心聲。就算在舞台上我也不要。」

放開借狗人的身體，收起刀子後，老鼠再問一次。

「你為什麼要這麼做？」

拍拍沾在衣服上的枯葉，借狗人嘖了一聲後，說：「這是為你準備的特別課程。」

「你說什麼？」

「你沒有自己想像中的強。我只是想告訴你這一點。你的確很厲害，能跟我的狗對抗到這種地步的人，還沒幾個。」

「謝謝誇獎，雖然我一點也不覺得高興。」

「但是，你並不是超人也不是怪物，你只是個人。而一個人能做的事情，畢竟有限。」

肩膀傳來微微的疼痛，血沿著手臂流下來。

這是四年前紫苑幫忙處理槍傷的地方。

老鼠突然這麼想。

「老鼠。」

傳來紫苑的呼喊聲。提燈的光線愈來愈接近。

「唷，大少爺親自來迎接了，那麼，我就閃人了。」

借狗人這麼說後，又飛快地加上一句。

「老鼠，NO.6內部有奇怪的騷動。」

「奇怪的騷動？」

「詳細狀況要調查後才知道。我聽說正在流行怪病，不過並不是很確定，我會再深入調查的。還有，關於監獄內部的情報也快到手了。那裡好像也有不太尋常的變動。看來再過不久，就會有好戲上演了。狗鼻子嗅到味道了。所以……」

「所以？」

「我助你一臂之力。」

借狗人伸出手，用力拍打老鼠的肩膀。

傳來一陣劇痛。

老鼠呻吟，壓著肩膀跪了下去。

「閃了。再跟你聯絡。」

借狗人的動作比剛才的狗還要迅速，混入黑暗中，漸漸遠去。

相反地，紫苑的腳步聲愈來愈近。

「老鼠，發生什麼事了？」

紫苑用提燈照著站起來的老鼠，忽地瞪大了眼睛。

「怎麼了？你這不是在流血嗎？」

「被狗偷襲。」

「被狗偷襲？為什麼？」

「是野狗。大概把我當成可愛的小白兔了吧。對了，你為什麼來這裡？」

哈姆雷特從紫苑的上衣口袋裡探出頭。

「是牠來叫我的。我以為你出事了。」

「所以你是來救我的？就憑一盞提燈？」

「沒錯。」

紫苑拿著提燈靠近傷口一看，皺起了眉頭。

「要趕快清理傷口才行。我們回去吧。能走嗎？」

「當然。」

紫苑大概是想扶老鼠，他將手插進老鼠的腋下。

老鼠撥開紫苑的手，一個人邁開大步走。

肩膀好痛。

然而絕不能依靠朝自己伸出的手。

只要嘗過依靠的甜頭，就再也無法獨立了。

伸到面前的他人之手，總是那麼唐突，又隨興就消失。就是這個樣子。

一回到地下室，紫苑的動作開始迅速起來。

察看傷口、洗淨、消毒。

「又要縫嗎？」

「很抱歉，你的傷似乎沒那麼嚴重。」

紫苑蓋上急救箱，很罕見地笑得很得意。

「你以為會跟四年前一樣，有點害怕，對吧？」

「什麼有點，感覺一到你手上，就連被蚊子叮，你都要縫。」

「你怎麼這麼說，我到現在還認為四年前的處理是正確的呢。」

四年前，颱風夜。

對，第一次遇到紫苑的那個夜晚，NO.6正處於暴風雨中。

那天夜裡，彷彿邀請般敞開的窗戶；窗戶裡，紫苑十二歲的臉龐；「你受傷了吧？我幫你包紮傷口」這麼令人意外的話；縫合好傷口的那一瞬間，展露的滿足笑容；可可亞的甜；櫻桃蛋糕令人身心蕩漾的美味；床鋪的舒適；一張開眼睛，就聽到身旁沉穩的呼吸聲，這些都還很鮮明地留在老鼠的腦海裡。

想忘也忘不掉，想丟也丟不盡。

那天夜裡，體驗到那些彷彿奇蹟般的事情，即使已經過了四年，也毫無褪色，仍栩栩如生地留在這裡。

人們稱那個為回憶，取名為記憶。

也可以叫做命運。

嘲笑不帶任何條件就接受他人，想要拯救他人的人天真，是很容易的事。

事實上，正因為拯救了自己，紫苑幾乎失去了他當時所擁有的權利與幸運。

一路接受培養而長大、不知人間疾苦的菁英，怎麼會這麼天真呢？

如果能這麼嘲笑紫苑的話，該有多輕鬆。

想要嘲笑，卻如此痛苦；想要忘記，卻如此鮮明；想要丟棄，卻如此沉重。

「紫苑。」

「嗯？」

「你真的那麼想嗎？」

正在包裹繃帶的紫苑停下手來。

「四年前的事情。你真的覺得是正確的處理嗎？」

「這個嘛，因為是在有限的條件下……至少那已經是我能做的全部了。如果是現在的話，我應該可以縫得高明些吧。」

修長的手指，看起來很靈巧的手正如給人的印象一般，靈巧地裹著繃帶。

「不光是傷口的事，我指的是那晚發生的所有事情。」

將繃帶前端仔細地綁好之後，紫苑沉默地盯著老鼠的眼眸。

「那一夜，讓你的人生有了一百八十度的轉變，你現在還能斷言當時你所做的事沒有錯嗎？」

「嗯。」

聽到這麼乾脆的回答，讓老鼠覺得好無趣。

「你不後悔嗎？」

「嗯。」

「一點也不嗎？」

「嗯。」

「為什麼？」

「老鼠，我不懂你這個問題的意思，不過，搬到下城之後，有時我也會想，如果時光倒流，回到四年前的那個夜裡……回到遇見你之前，我會怎麼辦。」

紫苑靦腆地笑了笑，將急救箱放回櫃子裡面。

「我想過不只一次，然而答案卻只有一個。不管給我多少次機會，讓我回到那個夜晚，我會做同樣的事。我會打開窗戶，等你來。」

「即使知道前方等待你的是毀滅？」

「沒有什麼毀滅啊，我也不認為現在在這裡做這種事是毀滅。對吧，克拉巴特？」

一隻茶色的小老鼠站在堆積成山的書上點頭。

「牠不是哈姆雷特嗎？」

「哈姆雷特在床上睡。」

「啊……是哦，都是你愛亂取名字，反而愈搞愈複雜。」

「連名字都沒有也太可憐了，牠們都很聰明又勇敢，剛才也是哈姆雷特告訴我你有危險。」

「牠找錯對象了。你來救我，也起不了什麼作用。幸好你來的時候，我已經把狗趕走了，要不然的話，現在的你大概傷痕累累了。」

「嗯，這個有可能。」

老鼠站了起來，抓著紫苑的胳膊。

「你聽好，以後別再這麼做了，不管發生什麼事，你都別想要來救我。」

紫苑的眼睛一眨也不眨地盯著老鼠。

老鼠抬起下巴，咬緊牙根。

「聽到了沒？給我記好，你太弱了，不懂戰術，也沒有心理準備，就像一隻從鳥巢裡掉下來的雛鳥，啾啾地叫著，下場就是被狐狸吃掉。所以，至少別自己呆呆地靠近危險，絕對不可以。用點腦筋吧，讓你優秀的腦漿好好工作，判斷狀況。真是的！沒帶武器就往黑暗裡跑，真不知道你在想什麼！」

「什麼都沒想。」

「你說什麼？」

「危險啦狀況啦，我根本沒去想。還來不及想就衝出去了。」

「紫苑，所以我說啊，別再做那種愚蠢又輕率的事情了。」

「那我應該怎麼做？」

「什麼都不用做。沒有你能做的事情，你乖乖躲在棉被裡就夠了。」

紫苑垂下雙眼，搖搖頭。

「我做不到。明知道你遇到危險，卻什麼都不做，乖乖待著，這種事我做不到，我還是會衝出去找你。」

「你來只會礙手礙腳。」

「好傷人。」

「是事實。」

「老鼠……你講得沒錯。我一點用都沒有。我不懂如何打架，更無法傷害別人。」

「對，最低層級的戰士，不，應該說是完全不及格，所以你別妄想戰鬥。你根本無法照顧別人，甚至連自己都不知道能不能保護好，不是嗎？所以你什麼都別做。拜託你，別靠近危險地帶。」

我在講什麼啊！

老鼠再一次咬緊牙根。

我在說什麼？

我幹嘛這麼認真？

為什麼要想辦法阻止紫苑？

紫苑會自己跑去哦。

借狗人低沉的聲音再度浮現在腦海。

沒錯，紫苑會自己一個人去吧。

不會求我幫忙，甚至不會跟我說，就前往絲毫不可能讓他生還的地方。

完全不懂戰鬥技巧，不懂流血時的痛苦與殺意的恐怖，就悄悄地離開這個地方吧。

你這個頑固的、沒用的、不知天高地厚的超級混蛋。

「無法解釋的。」

紫苑輕聲地說。

「什麼？你有說話嗎？」

「這是無法解釋的，老鼠。就算我趕過去，也無法救你……我救不了你。我腦袋裡很清楚這一點。」

「很好。你唯一能自豪的，不就是那顆腦袋裡的東西嗎？既然清楚，就該好好順從。」

「不要。」

紫苑緊抿著嘴巴。

頑固的表情，同時也是隱藏著深邃強硬意志的表情。

老鼠第一次看到紫苑這樣的表情。

「這是無法解釋的！剛才哈姆雷特來叫我的時候，我好不安。你出事了。說不定你會死。這種時候，你要我在腦袋裡算計，告訴自己去了也沒用，告訴自己乖乖待著就好嗎？我做不到，怎麼可能做得到。有沒有那個能力、能不能救得了你……誰有辦法冷靜思考那些！笨蛋！」

這是第二次被紫苑罵笨蛋。

那時候也跟現在一樣，老鼠根本沒料到紫苑的憤怒會爆發。

第一次的時候，老鼠對紫苑這麼說：「別為了別人哭，也別為了別人打架。哭泣跟戰鬥只能為了自己。」

紫苑回答聽不懂。

他的確不懂。

因為他現在又為了別人，衝進黑暗中。不管理性警告他危險，就這麼衝進黑暗中。

危險，太危險了。

對自己而言，紫苑的存在是腳鐐，這點我早就覺悟了。

然而，也可能相反。

我也有可能成為紫苑的手銬。

就是因為這樣……

老鼠從眼前的少年身上別開視線。

就是因為這樣，人類才難搞。

關係愈密切，枷鎖就愈重，不再能夠自由的行動，只為了自己而活變得困難。

早知道還不如不相識。

也許真是這樣。

也許有一天，你會這麼怨嘆，紫苑。

紫苑覺得好難受，他噘著嘴問：「老鼠，你為什麼不說話？」

「沒為什麼。」

「你想笑就笑，反正你覺得我講的都是無知之人的戲言而已，對吧？沒關係，你就笑個夠吧，笑啊。」

「等等，紫苑……我又不是在笑你……我只是在告訴你，接近烏雲、接近危險是很危險的事而已。」

「那種事情我知道！可是，我就是擔心你啊。我不能擔心你嗎？我沒有擔心你的權利嗎？」

「權利……你在講什麼啊，紫苑？」

「是你逼我的啊！」

紫苑握緊拳頭，敲向書架。

堆積如山的書全倒了下來，克拉巴特尖叫著躲進老鼠的衣服裡。

「抱歉，我太激動了……我沒有要吼你的意思。」

「不會，你激動的表情也滿有魅力的，有機會我還想再看看呢。」

「跟你在一起，我好像常常激動，原來我是這麼感情用事的人，連我自己也嚇一跳。」

「你一直都是感情用事的人，感情總是駕馭理性。率直地順從自己的感情並不可恥。四年前也是。在你還是NO.6菁英候補時，你就順從自己的感情，接受了我。」

「嗯……我的確是讓感情牽著走……」

紫苑仔細地堆好書後，嘆了一口氣。

「但是，老鼠，我真的不後悔。我甚至覺得慶幸，那天晚上沒有違背自己的感情。」

「我知道。」

「啊？」

「你絲毫沒有後悔，這點我很清楚。剛才我只是開玩笑問你而已，我一定是太無聊了。」

老鼠摸了摸自己的肩膀。

老舊、應該早就沒有彈性的繃帶，從肩膀一直整齊地裹到手肘，完全沒有鬆散。

「要是我的話，根本無法動作這麼迅速地處理好傷口。你雖然不知道如何跟人戰鬥，但是卻會治療。每個人都有自己的能耐。而且，也許……」

「也許？」

「沒事。對了，我肚子餓了。」

紫苑看著老鼠，露出溫和的笑容。

「桌上有麵包跟肉乾。今天發生了一點事，所以只剩下一點點，不過我想應該夠你當晚餐了。」

「你呢？」

「我先睡了。我想你的傷口會痛，應該不好睡，所以今晚床就讓給你一個人睡，我睡地上。」

「感謝你的體貼啊。」

「老鼠。」

「嗯？」

「如果我沒遇見你的話，我大概不會發現自己是怎樣的人。」

「幹嘛？現在還說這種話。」

紫苑靠近坐在椅子上的老鼠，目不斜視地凝視著老鼠的眼睛。

「我不會發現自己的內心藏有這麼多樣的感情，就這樣長大成為冷靜、溫和又順從的大人。應該不知道怎麼哭、怎麼生氣，也不知道怎麼反抗吧。遇到你，讓我知道自己是這麼富有的一個人。我很驕傲我了解自己了。」

紫苑說完後，像是躊躇似地低下頭。

「遇見你真好。」

那是好不容易才能聽清楚的輕聲呢喃。

紫苑垂著頭彎下身，唇輕輕貼上老鼠的唇。

啪！

有本書從哪裡掉下來的聲音。

老鼠抬頭問：「這該不會是感謝吻吧？」

「只是個晚安吻。」

「晚安……啊。」

「明天我要幫狗剃毛。有好幾隻長毛狗，可是借狗人都放著不理，害牠們的毛都打結，快要得皮膚病了。」

「我才剛被咬而已，管他長毛還是短毛，我不想聽狗的事情。」

紫苑笑了出來，伸出手揮了一下。

「那晚安了。」

「嗯，祝好夢。」

「你也是。」

紫苑消失在書後。

可能想要跟他一起睡吧，克拉巴特鑽出老鼠的衣服，跟了上去。

「晚安吻嗎？」

老鼠用手指輕輕撫摸嘴唇，往椅背靠去。

「撒謊，原來你也會。」

空腹感、疲勞感及傷口疼痛感全都遠離，取而代之的是體內慢慢湧出的東西。

難以區分是悲哀還是寂寞的東西。

這是什麼？

突然有溫熱的水滴滑過臉頰。過了好一段時間，才發現原來是淚水。

我老早就忘了如何哭泣。

好鹹。

感覺就像加了太多鹽的湯。

老鼠曲起雙腿，將頭靠在腿上，慢慢地喝下滲透到嘴裡的淚水。

5 虛偽的另一面

佛也曾是凡人，我們也終將成佛。如此區分具有佛性之身，真令人悲傷。
（《平家物語》第一卷，祇王，岩波書局）

紫苑悄悄從地上爬起來。
火爐裡只剩少量的炭火，因此房子裡冷到快結冰了。
蜷曲著身子，窩在紫苑身邊的克拉巴特抬起頭，吱吱地叫。
「噓！」
紫苑為了小老鼠，拉了條毯子過來。
「你睡在這裡面吧，拜託你安靜點。」
紫苑無聲無息地走在已經習慣、在黑暗中也能自由活動的房子裡，直到門邊。
他打開門鎖，在開門之前，回頭看著屋內。

仔細聆聽。

完全沒有聲響。

傷口似乎沒有讓老鼠痛到不能睡覺。

他也不是那樣的傷口就會呻吟的人啊。

想要告訴他的事情還很多。

相逢的喜悅、過去的感謝、深厚的敬意，這些都還沒完全傳達給他知道。

遇見你真好。

只講得出這一句。

紫苑深深地吸了一口屋內的空氣後，便靜靜地打開了門。

直通市府的專線燈閃耀著。

男人從看到一半的研究資料中抬起來，輕輕地嘖了一聲。

他對幾十年前印刷在紙上的資料非常有興趣，還想再多看一點。但是電話閃著緊急用的紅燈。

男人又嘖了一聲，把資料收回檔案夾裡。

當他一按下按鈕，畫面上便出現一張常看到的男人的臉，一個以前被叫做大耳狐的男人。

大耳狐，沙漠裡的狐狸。

是誰帶頭這麼叫這個男人的呢？

「發生什麼事了，大耳狐？」

「有緊急狀況。剛才有兩具樣本送進中央醫院。」

「那又怎麼樣？」

「兩具都沒有登記在樣本資料中。」

「你說什麼？」

「不是我按照你的要求準備的樣本。事情發生在毫無關聯的地方。」

「你太早認定他們是樣本了吧，沒有可能是其他因素嗎？」

大耳狐搖搖頭。

畫面立刻切換，同時響起報告兩具遺體生前情況的聲音。

姓名、年齡、地址、職業、病歷、身體測定值、市民登記號碼……

一男一女，兩具遺體。兩具都帶著苦悶的表情，年老衰弱。

如果沒有那樣的表情，即使判斷是老死也不會奇怪的狀態。

但是，被告知的實際年齡，一個卻是二十多歲，另一個則是三十五至四十歲之間。

「的確，是牠們幹的。」

男人喃喃自語。

畫面再度切換，出現大耳狐非常不高興的表情。

男人靜靜地吐了一口氣。

「這是……怎麼回事呢？」

「我還想問你！」

大耳狐提高聲量，兩耳動了動。

對，就是這個，就是因為這個怪癖。

這傢伙從以前起，只要一激動，兩隻耳朵就會動，所以才被叫大耳狐。

大耳狐有長達十五公分的耳朵，在狐類當中，是擁有最長耳朵的小狐狸。

「為什麼會發生預料外的事情？我實在不敢相信。這究竟是怎麼一回事？」

「有什麼地方沒掌握好。不過，只是點小事，不值得你關注。」

聽到男人這麼說，大耳狐的喉結慢慢地上下移動。

「真的嗎？」

「當然。」

「你是這個計畫的負責人。」

「對，私底下的。不過這計畫本身就不是公開的。」

「但是，這個計畫成功後，NO.6的都市計畫才能完美，不是嗎？」

「是。」

「那麼就不允許有任何細微的差錯。」

「我明白，我會立刻著手調查原因，幫我把遺體搬到特別解剖室V區。」

「已經吩咐下去了。」

「那我馬上開始工作。」

「好，我等你的報告。」

「知道了。」

「對了，我計畫在這個騷動告一段落後，來一場清掃作業。」

「清掃作業？好久沒舉辦了。對哦，『神聖節』快到了。」

「對，偉大的日子又要到了。如果你實驗要用的話，多少個我都留給你。」

「謝謝您的關照，大人。」

「講話別那麼誇張。」

「但是你終將成為這片土地的絕對統治者，唯一的王。這麼一來，我就得要稱呼你陛下了。」
「到時候，你想怎麼被稱呼？」
「我現在這個樣子就好。只要能獲得像現在這樣最齊全的研究設備和禮遇，我就別無所求了。」
「你還是這麼無所求。好了，那麻煩你了。」
畫面無聲無息地消失了。
男人瞄了眼檔案夾中還沒看完的資料。
太可惜了，看來今天沒有時間看完它了。
那是關於棲息在中南美叢林中，一種屬於游蟻的軍蟻的研究資料。
這種螞蟻會聚集約五十萬隻的大群聚，不選擇定居，一輩子活在露宿與放浪之間。
君臨這五十萬隻大群聚的，只有一隻蟻后。
不過蟻后只專注產卵，並不統領整個群聚。
兵蟻及大小工蟻會依循自己的本能去工作，就結果而言，整個群聚彷彿由偉大的知性統領，行為受管到完美無瑕。
螞蟻也好，蜂也好，都創造出理想的社會體系。

昆蟲做得到，人類不可能做不到。

只要順從各自的角色，不用思考，不須懷疑，只要去做就好。不需要腦袋，也根本不需要什麼心靈。

五十萬群眾，一人君臨。

還是這麼無所求……

沒錯，大耳狐，我沒有任何想望。我不需要任何想望啊。

我不會像你一樣，被自己的慾望支配。

男人暗自竊笑，按下了直通特別解剖室的電梯按鈕。

下著霜。

腳下踩著結凍的雜草，發出沙沙的聲音。

當朝陽東昇的瞬間，霜雪會散發出白色光輝，整片乾枯的草原，馬上就會被籠罩在光芒之中。

然而天色還早，還要一點時間，朝陽才會東昇。

紫苑停下腳步，仰望北邊星空。

他想要在太陽昇起前，走到監獄。

他也不知道走到監獄後，該怎麼辦，總之就是要去。他只有這個念頭。

應該已經去留學的沙布，為什麼會被關進監獄？

是不是跟自己有關？

如果有關的話，那麼母親是否平安無事？

不安與焦慮堵塞他的氣管，揪緊他的心。

母親、沙布、老鼠，他不想失去任何一個，只要能保護他們，要他做什麼都可以。

到底該怎麼做才好？

他對自己什麼都想不到感覺煩心。

當自己這麼走著時，沙布一定獨自一個人處於恐懼中。

一定要想辦法，怎麼也要把她救出來才行。

可是，該怎麼辦才好？

該怎麼辦……

吱吱。

細微的聲音。

紫苑停下腳步。

已經習慣黑暗的眼睛，捕捉到從草叢裡露出臉來的小動物。
「克拉巴特？」
紫苑拾起小老鼠。
「你跟著我來了啊。不行哦，你要回家。」
這時，他突然發現了。
這不是克拉巴特，也不是哈姆雷特，甚至不是生物，它絲毫沒有生物應該有的體溫。
「這是……機器鼠……」
「帶路鼠。」
背後傳來聲音。
紫苑就算不回頭，也清楚那是誰的聲音。
他調整呼吸，慢慢地回頭。
老鼠也緩慢地靠近，從紫苑手中拈起小型機器鼠，收進袋子裡。
「兼具全方位導航系統的單功能機器鼠，因為你走錯方向，所以它出聲提醒你。」
「走錯方向……」

「你不是要去借狗人那裡嗎？要替毛過長，快要得皮膚病的狗剃毛，不是嗎？這麼早就去上班，真是辛苦了。只不過，你走錯路了。」

紫苑深深呼吸一口黎明前的冰冷空氣。

「跟你無關。我想要做什麼、想要去哪裡，不需要你管，我已經厭煩你那一副是我監護人的態度了。我已經不是什麼都不會的嬰兒，你就好心點，別管我了。夠了，已經夠了，如果你覺得四年前欠我的話，已經夠了，你已經還夠了。所以，今後我要自由，我不要再讓你約束，我要自由。我已經決定了，別擋著我的路。」

紫苑喘著氣，沉默下來。

天色太暗了，看不清老鼠的表情。

彷彿黑色影子的身子微微震動，響起輕輕的拍手聲。

「嗯，以一個門外漢來說，台詞講得還不錯。你也許有演戲的天分唷，至少比昨晚的吻高明多了。」

「老鼠，你說什……」

才看到老鼠的右手輕輕舉起，下一秒鐘，臉頰就承受重大衝擊。

紫苑踉蹌了一下，往後倒去。

嘴裡冒出一股血腥味。

「你做什麼！」

「有時間開口的話，就趕快跳起來，我要繼續了。」

老鼠的靴子筆直地踢了過來。

紫苑立刻滾到旁邊。

「幹什麼，別停住，要繼續動啊。」

老鼠一腳踢到腹腰。

紫苑痛到不能呼吸，直接滾出去。

他抓住草叢裡的小石頭。

「不准閉上眼睛！要緊盯對方的動作。別呆著。」

紫苑一回頭，馬上將小石頭朝著老鼠丟過去。

幾乎在同時，他腳一蹬，用肩膀撞過去。

他腳被一絆，整個人摔在地面上。

這次他起不來了。

仰望著天空，可以看見星星。

黎明前的星星耀眼得恐怖，閃閃發著光。

老鼠抓住他的手腕，把他拉起來。

「紫苑，這是懲罰。」

「什麼的懲罰？」

「你對我撒謊。」

「那是因為……」

「承認了嗎？」

「嗯……是撒謊。」

「罪狀其二，輕視我。」

「我沒有。」

「會撒謊，就代表輕視對方。而且，你以為那麼爛的謊言可以騙過我嗎？要欺負人也不是這個樣子吧。」

「我已經盡力了……」

「你一點也不適合當政治家或小說家。你是說不出臉不紅氣不喘的謊話的。」

「有這麼糟嗎？」

「太爛了。而且最讓我生氣的是，紫苑……」

「嗯。」

「你把我當作是個連什麼吻都分辨不出來的小鬼！什麼晚安吻，放屁！」

老鼠在紫苑面前單膝著地，用力抓住他的前襟。
「你給我聽好，不准再有什麼離別吻。再也不准了！」
「對不起。」
「也不准說謊。」
「嗯。」
「發誓！」
「我發誓。」
老鼠放開手，直接坐了下去，仰望天際。
「聽說NO.6內部有奇怪的騷動。」
「奇怪的騷動？」
「詳細情況我還不清楚，借狗人會幫忙蒐集情報。好好利用的話，也可以讓力河那個大叔從他的顧客那邊蒐集到一些情報。還有，監獄那邊好像也有些變動。NO.6的內外同時出現騷動，太奇怪了吧？」
「監獄……老鼠，該不會是……」
「就是你那個重要的朋友……你說過她是你的好朋友，對吧？她的事我早就知道了。」

老鼠遞出火藍的紙條。

讀完之後，紫苑的手顫抖著。

「目前你媽平安無事，你的好朋友就不知道了。不過不要著急，總之我們要儘可能蒐集情報，好好計畫。借狗人會幫忙。我們要盡快潛入監獄。就是為了這個目的而準備，懂了嗎？我們不是去自投羅網，是要去救人。你要冷靜。」

紫苑點點頭。

「終於還是把你捲進來了。」

「不關你的事。而且，借狗人說有問題，我也很好奇，為什麼珍貴的菁英會被抓。也可能跟那起寄生蜂事件有某種關聯也說不定。」

「跟寄生蜂……但是，蜂不可能在這個季節活動啊。」

「所以一定是發生什麼了，發生什麼無法預料的情況……如果真是這樣的話，那也許就有冒險的價值。反正，借狗人一有聯絡，我們就行動。在那之前，我們也需要蒐集情報跟準備才行。」

老鼠站起來，用一種溫柔的聲音說：「打起精神來，總會有辦法解決的，不，我一定會解決的。」

「謝謝，你又救了我一次。」

「接下來才是重點。」

紫苑也站了起來，喊了站在隔壁的人的名字。

「老鼠。」

「嗯？」

「可以看一下這個嗎？」

「什麼？」

紫苑用力打了探頭過來的老鼠一巴掌。

這一巴掌雖然沒有讓老鼠東倒西歪，但也嚇到他了。

喘了一口氣後，老鼠大叫。

「你幹嘛！」

「懲罰。」

「懲罰？」

「你有事瞞著我。這張紙條的事，你一句也沒提過。」

「提了也沒用啊。如果讓你像今晚這樣，偷偷摸摸地離開，那我可頭痛了。我是擔心你；還是我沒有擔心你的權利……咦，這句話好像在哪裡聽過耶。」

「擔心跟隱瞞是兩回事。你並不是我的監護人。我不想在你的保護下，厚著臉皮活下去。我……」

紫苑握緊還留著老鼠臉頰觸感的手心。

「我想跟你站在對等的地方。」

老鼠聳聳肩，微微舉起右手。

「我反省，以後不會再做這種事了。」

「發誓嗎？」

「我以我被揍的臉頰發誓。」

遠遠傳來雞啼聲。

雖然天色還很昏暗，公雞卻好像已經察覺到早晨的氣息，高聲啼叫。

再過不久，東方的天空就會開始反白，朝陽將會拭去黑暗。

準備正面迎戰的第一天即將開始。

沙布即將覺醒。

她知道自己的意識慢慢回來了，但是身體的感覺還是很朦朧。

這裡是哪裡？

我在這裡做什麼？

是夢嗎？

我一定要記起來。

記起來什麼？

非常重要的事情。

重要的人。

「沙布。」

很近的地方傳來聲音。

是男人的聲音。

不對。

不是這個聲音。

我等待的聲音，不是這個聲音。

「感覺如何？跟過去感覺有點不太一樣吧？沒關係，妳馬上就會習慣了。希望妳喜歡這間特別室，這是專為妳準備的好房間哦，沙布。」

好討厭的聲音。

不要叫我。

不要用那種聲音，叫我。

「沙布，妳真美啊，超乎我的想像。太美了。我很滿足。」
討厭的聲音。
還有，討厭的味道。
這是……血。
血的味道。
「我今天很忙。我會再來看妳的，沙布。妳再好好休息一會兒吧。」
腳步聲遠離了，血腥味也遠離了。
沙布鬆了一口氣。
但是，為什麼？
為什麼我會這麼昏昏沉沉的？
但是，我……
從無法完全清醒的意識深淵裡，突然清晰地冒出一個人的身影。
眼睛、指甲、嘴巴、凝視遠方的眼神、生動的笑容、迷惑的表情、長長的手指……
啊啊，可以聽到他的聲音。
「我當妳是好朋友。」

總是那麼孩子氣，完全沒注意到我的心意，卻一心一意地追著某個人。
我愛那個不成熟卻真摯的靈魂。
我愛他更甚任何東西。
即使是現在……
意識漸漸遠離，黑暗再度覆蓋。
再也見不到了……
紫苑。

這一天，紫苑幾乎都在照顧狗。
借狗人一早就不見蹤影，他只好從準備幾十隻狗的食物到整理狗毛，都一個人包辦。
沒時間休息的工作，讓他忘記痛苦。
其實他還應該感謝，做不完的工作，讓他逃離焦慮。
不要焦慮，耐心等待，冷靜行動。
老鼠的話的確有說服力，他不得不贊同。
但是，還是會焦慮，無法冷靜。

當我在做這些事的時候，沙布她……
每當閃過這個念頭，心就又亂又急，緊咬的下唇都滲出血來了。
嗚嗚～
小狗們悲傷地吠著。
這些是初秋剛出生的小狗。
牠們會吠，是因為紫苑停下準備飼料的手發呆。
「啊，對不起。」
紫苑急忙將煮好的剩飯盛到容器裡。
小狗們搖動著相似的茶色尾巴，將頭埋進容器裡。
在人類也飢餓的情況下，借狗人以雖然不夠，但是也餓不死的程度飼養著狗兒。
紫苑終於知道這些半夜搬進廢墟裡來，分成要賣到市場給人吃，以及留下來當狗飼料的剩飯是從哪裡來的了。
借狗人現在應該也是循著這條線在蒐集資料吧。
老鼠也是一早就不見蹤影。
我能做什麼呢？

愈想愈發現自己的無能，什麼都做不了。

焦急。

無法冷靜。

只好再緊咬下唇，試圖忍耐。

手心有股溫熱的觸感。

有一隻小狗天真地舔著紫苑的手。克拉巴特從紫苑的上衣口袋裡探出頭來，立刻又縮回去。

好想讓沙布也看看這隻小狗跟小老鼠，好想讓她摸摸看，好想讓她體會到小小的舌頭與身體的溫熱。

他很疼愛沙布，非常重視沙布。

那是一種跟愛慕不同的、更穩定又緊密的感覺。像家人、像好朋友一樣的感情。這也是一種愛。

紫苑閉起眼睛，呼喊她的名字。

沙布。

「你要我幫忙？」

力河毫不掩飾自己的不願意。
「對，我希望你能從你的客戶那裡打探情報。」
老鼠一屁股坐在椅子上，腳蹺在桌子上。
「什麼情報……神聖都市的嗎？」
「對。」
「報酬呢？」
「巨萬之富。」
力河站起來走向老鼠。
這裡曾是力河當作工作場所的公寓的一室，雜誌、酒瓶丟得滿地都是，整間房間都已經被酒味給附著了。
力河俯視著老鼠，輕鬆地說：「好長的一雙腳，你在炫耀嗎？」
「能得到你的讚美，是我的光榮。這是我的生財工具，我保養得很好。」
力河的手粗暴地拍打蹺在桌子上的腳。
「別把你的腳蹺在我的桌子上！真是的，一點教養也沒有。你完全不懂禮貌嗎？」
「遇到需要使用禮貌的對象，我就會懂。」

「連那張嘴都臭到不行。現在是怎樣？這個要求是什麼？排練新戲碼嗎？」
「現實問題。」
「現實有巨萬之富？無聊。」
老鼠瞄了力河的臉一眼，淡淡地笑了。
「怎麼了？你不是最喜歡賺錢嗎？怎麼不來勁呢？」
「像你這種三流戲子的騙子，說的話能信嗎？」
「那是誰你才聽？紫苑嗎？」
力河的視線有點搖晃。
「紫苑？跟紫苑有關嗎？」
「關係密切。」
「一定是你把他捲進來的，伊夫。」
「不，問題來自紫苑。」
「什麼意思？」
「如果你肯幫忙我就告訴你。」
「說！」
「先把你的顧客資料給我看。NO.6的高官下次什麼時候來享樂？我還要知道那傢伙的名字跟職稱。」

力河呼了一口氣，雙手交叉。

「伊夫，你幾歲？」

「比你年輕。」

「應該可以當我兒子了吧。我一直想要告訴你，小鬼就要有小鬼的分寸，別瞧不起大人，否則會後悔莫及喔。」

力河盯著老鼠，大喊「肯克」。

隔壁的房門打開，走進一個大男人。

「這是我新聘用的警衛，他過去曾是賭博比賽的摔角選手，空手就能讓好幾個人半死不活。不論在場上或場外。」

光是走進來，就讓骯髒的房間看起來更擁擠的大男人，沉默不語地俯視老鼠。

「肯克，幫我好好招待這位王子，不要殺他，讓他的態度不要再這麼傲慢就夠了。」

「啊？呃……」

「啊什麼啊。讓這個小鬼知道大人的厲害。」

肯克舔舔雙唇，往前一步。

再一步。

老鼠也站起來了。

力河毫不掩飾地笑了。

「他會懲罰你的，伊夫，好好地懲罰你。」

肯克停下腳步。

「伊夫……真的是伊夫嗎？」

老鼠微笑，優雅地伸出手，展露出連力河都盯著看的嬌豔笑容。

「你叫肯克嗎？你好，肯克。很感謝你常常來看我表演，作夢也沒想到會在這裡遇到你，真高興。」

「啊啊……伊夫，我也是。」

肯克滿臉通紅地握住伸向自己的手。

「我一直是你的粉絲……你的表演我幾乎都看了……」

「我知道啊，因為你很醒目，所以我知道你常常來看我喔。有時候還會送我禮物，我一直想找機會謝謝你。」

「真的嗎……你真的記得我……」

「當然，上一次你還哭了呢。我也在舞台上凝視著你的臉哦。」

「伊夫……我不知道該怎麼說……」

「感動？」

「對，感動。我好高興，我沒這麼高興過。感覺整個人都幸福起來了。」

「謝謝你，肯克。對了，很抱歉，我跟力河先生想好好商量事情，能不能請我喝咖啡呢？」

「當然沒問題，吃的呢？」

「有當然很好啊，不知道有沒有肉派？」

「有啊，我馬上去準備。」

肯克以完全跟他的身材不搭的速度，消失在隔壁房間。力河搖搖頭。

「咖啡加派？全都是我的耶。」

「你抱怨的話，可能會被打飛出去哦。他不是可以把好幾個人打得半死的摔角選手嗎？」

「難怪他會被他老婆趕出家門，需要的時候完全派不上用場。」

「他人不錯啊，一定會泡杯好喝的咖啡給我。」

力河第三度咋舌。

「太厲害了，伊夫，你不只小刀，連色相都能隨心所欲地運用呢。」

「兩者都是武器。」

「那就使用你的武器。」

老鼠坐下來，蹺起二郎腿。

「伊夫，你不是老鼠，你是本性邪惡、擅長誆騙人類的白狐，只是我不知道你有幾根尾巴。我有客人最喜歡這種人。在ＮＯ.６的中央管理局上班的菁英分子，我最好的客人。」

「你要幫我了？」

老鼠認真了起來。力河也露出認真的表情。

「我也聽說最近ＮＯ.６裡面有些騷動。」

「不愧是力河先生，消息真靈通。」

「少拍馬屁。我消息不靈通，怎麼做這一行？老實說，我是第一次聽到那個都市裡傳出不和諧的聲音。ＮＯ.６出現在這個地方，已經幾十年了吧……也該到了露出破綻的時候了吧。如果真是這樣的話，我想知道。我當然也會這麼想，伊夫，更何況……如果跟紫苑有關的話，我不想假裝不知道。」

「你很喜歡紫苑嗎？」

「他有火藍的影子，而且純真又善良，跟你完全不一樣，是個好孩子。火藍把兒子教得真好。她一定給了他滿滿的愛。」

「你怎麼了？大叔。」

「怎麼說？」

「看起來這麼規矩，你哪裡不舒服嗎？」

「你管我！跟紫苑在一起，就會變得很溫和啦，也不知道為什麼……反正，我會給你看顧客的資料，然後你再慢慢跟我說吧。就算沒有巨萬之富，說不定還是有好賺頭。」

「這才是你的真心話吧？」

「隨你愛怎麼想。」

傳來咖啡的香味。

老鼠想著紫苑。

在愛中長大嗎……也許是吧。

他的不懂防備、他的寬容、他的憨直、他的度量，也許全都是得到全心全意疼愛而長大的證據。

紫苑應該沒有渴切需要愛的經驗吧。

真幸福。

然而，愛有時候會背叛。
愛會招來憎恨，導致破滅。
今後，孕育紫苑長大的愛、紫苑內心裡的愛，可別成為束縛的枷鎖，帶領他走向死亡才好……
因為吸進了香濃的芬芳，老鼠才得以壓制差點吐出口的嘆息。

借狗人走在路上，不時地歪著頭想。
他不知道該如何整理自己蒐集到的情報。
從玉石混雜的各種情報中，選出重要的情報，加以整理，得出結論，這是他最不拿手的項目了。
算了，接下來他們會想辦法。
我的工作只是把這些玉啦、石啦，一個一個排在他們的面前。
雖說如此……
借狗人停下腳步，突然拉長脖子看。遠遠地可以看見ＮＯ.６的城牆。特殊合金反射冬天的光線，閃閃發亮。
借狗人從未深思過那個地方的事情。

跟自己的世界截然不同，遠遠地閃耀著光輝。這是借狗人對那裡的所有印象。

想辦法撐過日常貧窮、飢餓及困頓，已經竭盡他的全力了。

他從未將那些跟神聖都市聯想在一起。

然而，老鼠不一樣，他還是繼續執著於NO.6。

為什麼執著？

被什麼困住了呢？

不論是恨還是愛，同樣都是被困住。

一陣風吹來。

好冷的風。也許明天天氣就會變了。

借狗人縮著身子，打了個小噴嚏。

捲進來了。

被老鼠長久以來執著的想法、被紫苑專一的感情捲進來了。

不，不對……

有一半是我自己主動踏進來的……

不是因為被老鼠威脅，也不是因為同情紫苑。

是在自己的意識下，主動踏進來的。

為什麼？

雖然捫心自問，卻沒有答案。

為什麼？

為什麼我……

借狗人再一次伸長脖子，仰望神聖都市。

那裡有神聖都市NO.6的光輝，這裡有我們的生活。NO.6每天吐出來的剩飯，是可以解決我們飢餓問題的量啊。

剩飯耶，他們吃剩的耶。

飽食與飢餓、浪費與缺乏、生的歡樂與死的恐怖、傲慢與卑躬……

能有所改變嗎？

借狗人快步走在風中。頭髮在背後沙沙地搖晃著。

能改變認命的現實嗎？

能改變光是活下來就很辛苦的日子嗎？

能改變被奪去身為人的驕傲的寂寞人生嗎？

可笑，這根本是童話故事嘛！

事到如今還……

可是，老鼠，不，連紫苑也是，老鼠跟紫苑都相信，他們相信可以靠自己的力量去改變。

借狗人無法嘲笑他們，甚至開始覺得也許有可能。

危險呀。

一個不小心，很可能過不了明年春天。

危險，太危險了。

但是，好愉快，愉快到想哼歌了。

輕輕吹著口哨，借狗人迎風跑了起來。

整齊地梳完最後一隻狗的毛，紫苑累倒在當場。

還真累。

今天一整天都在照顧狗，讓他都覺得自己也變成狗了。

天色已經昏暗了。

小狗們靠過來想玩。

「知道了啦，已經好了哦。你們看，沒有跳蚤了吧？」

當他抱起一隻狗時，克拉巴特在口袋裡叫。

抬頭。

老鼠就站在正前方。紫苑完全沒有發現，也沒感覺到有人來。當然，現在他已經不會為這種事驚訝了。

紫苑放下小狗，默默地站起來。老鼠也無言地努努下巴，然後筆直往廢墟走去。

「老鼠……借狗人有消息了嗎？」

「他們兩個在等我們。」

「兩個人？」

爬上快要崩塌的樓梯，打開走廊最裡面的那道門。

小小的圓桌上點著蠟燭。

借狗人跟力河坐在桌邊。

「大家都很爽快地答應協助我們，紫苑，你要感謝他們。」

「爽快？」

借狗人故意嘆了一口氣。

「被脅迫、拿錢在你眼前晃呀晃、被花言巧語矇騙，這樣能算爽快嗎，老鼠？」

紫苑往前站一步，深深地鞠躬。

他不知道該說些什麼，因為不管說什麼，都無法傳達他現在的感激。

「大家……謝謝。」

結果也只講得出這種再普通不過的話。

「紫苑，不需要真心感謝，反正這兩個傢伙都別有用心，他們只是聞到甜頭的味道，才靠過來罷了。」

「伊夫，哪天你的舌頭一定會從舌尖開始腐爛、脫落，絕對會！」

力河的右手握著自己帶來的威士忌，他含了一口，慢慢嚥下去。

老鼠用眼神催促紫苑坐下，他自己也找了張椅子坐下。

站起來的是借狗人。

「可以開始了嗎？老鼠。」

「好，麻煩你了。」

紫苑緊握拳頭放在膝蓋上。

把他們捲進來的人是我，這點絕對不能忘記。

突然有隻手伸過來。

是老鼠的手。

他好像在玩弄似地，一根指頭、一根指頭地扳開紫苑緊握的拳頭。

「才剛開始耶，你現在就這麼用力，未免也太浪費了。」

凝視著搖晃的燭光，老鼠好像獨白似地喃喃自語。

不知道哪裡的縫隙有風吹進來，火焰不停地搖晃。

外頭天色已暗，漫長的一天即將結束。

不，是現在才要開始。從這裡開始。

「這禮拜送進監獄的犯人有三個人，其中……」

借狗人也是盯著蠟燭說。

黑暗逼近，燭火搖曳。

「其中並沒有女人。而且也沒有人是從市內送進去的。三個人都是來自西區的男人。」

老鼠低聲問：「你確定？」

「確定，我直接問準備囚衣的負責人的。記載在囚犯登記資料上的人，有三個。據說他們是闖進出入境管理辦公室，企圖偷錢。大概是肚子太餓了，餓到腦袋秀逗了吧。總之，沒有女人。」

「怎麼可能！」

紫苑不由自主地離開椅子。

不可能有那種事。

但是在這麼想的同時，心有一部分也放下了。

也許沙布沒事，也許那件外套是我搞錯了，它並不是沙布的……也許……

「要是這樣的話，那就更麻煩了。」

老鼠皺著眉頭，發出彷彿搖晃燭火的風一樣冰冷的聲音。

「麻煩？」

「也就是說，她不是正規的囚犯。我知道這樣說很奇怪。但是，沒有被登記為囚犯。紫苑，也就是說，她甚至連囚犯的身分都沒有。換句話說，她被刪除了。」

「刪除了……」

「你的朋友在被治安局抓到的當下，她身為市民的資料就全被刪除了。一般來說，資料會直接移轉到監獄的主電腦上，跟在監獄裡新蒐集到的個人情報，譬如前後左右的照片、身高、體重、指紋、聲紋、虹膜、手指的靜脈等等，一起歸納為囚犯專用資料。經過這道手續後，囚犯就成為囚犯了。如果是西區的強盜就不一定，但如果是NO.6的市民，這道手續應該會做得很徹底。然而，這次卻沒有這麼做。為什麼？因為不想留下你好朋友的存在，以及過去曾經走過的痕跡。」

「喂，老鼠！」

力河發出很大的聲響，將酒瓶放在桌上。

「為什麼你講話總是那麼露骨？什麼被刪除了、不留下痕跡的……被你講得好像那個女孩子……呃，叫沙布是嗎？好像那個叫沙布的女孩子已經被殺掉了。」

「大叔你講得更露骨唷。」

聽著兩人的對話，紫苑吞了口口水。

好不舒服。

好像喝醉很難過一樣，但是又不能趴在桌上睡。

沙布……

「沙布是優秀的人才，市府從她小時候，就花了很多預算跟時間培養她。她將來會是能進入市中樞工作的人才。那麼，為什麼要刪除她？對市而言，應該是很大的損失啊。」

自己的聲音聽起來很像是別人開口說的。

嘶啞又很刺耳的難聽聲音。

「對，問題就在這裡。花了大把金錢跟時間豢養的菁英，為什麼要眼睜睜地刪除？又不像十二歲的你一樣，做了那麼蠢的事情。」

借狗人的鼻子動了動。

「什麼蠢事？跟紫苑被趕出NO.6有關嗎？」

「有，不過跟這件事無關。紫苑……」

「嗯……」

「你好朋友家裡有什麼人？」

「沙布沒有父母，親人大概只有祖母而已，她說是祖母養育她的。」

「只有祖母一個人嗎？也就是說，如果祖母死了的話，你好朋友就沒有親人了。」

「是啊……」

紫苑抬起頭，視線對上灰色的眼眸。他終於了解老鼠想說什麼了。

「沙布不見了，也不會有任何一名親屬出來找人，再說……」

「再說？」

「沙布應該已經去了別的都市當留學生，要在那裡住兩年。所以就算她從市內消失，也不會有人覺得奇怪。」

「絕對有問題。菁英、沒有近親者、就算一直不在也不會有人覺得奇怪。你好朋友符合這些條件，因此被抓進監獄裡收押，但卻不是以囚犯的身分……」

「不是以囚犯的身分……為什麼？」
「不知道。」
老鼠搖搖頭。
借狗人探出身子來。
「會不會跟之前講的傳聞有關呢？就是聽說都市內部流行怪病的那個傳聞。」
「關於這個，有詳細情報嗎？」
「沒啦。都市內部的事情有那麼容易打聽到嗎？也許這件事是這位酒精中毒大叔的工作。」
力河喝乾了酒瓶裡的液體，一雙充血的眼睛瞪著借狗人看。
「我可不想讓一個草包小鬼說我酒精中毒啊。都市內部的事情，我沒辦法立刻蒐集到情報，最快也得到後天。但是，伊夫，就算情報蒐集齊全，也不保證事情能順利進行。你打算如何潛入監獄內部？」
沒有答案。
力河聳聳肩，說：「要怎麼辦？像那三個腦筋有問題的人一樣，去襲擊管理辦公室，故意被捕嗎？」
「那不行，因為我的個人情報早就登記在那邊的主電腦裡了。」

「那你待過監獄這件事是真的囉？原來有人安全逃出那裡啊。這太驚人了，待會兒幫我簽名，我要掛在牆壁上。不過，要簽本名喔。」

老鼠無視於力河的諷刺。

燭火搖晃得愈來愈激烈了，是風增強了吧。

「借狗人……關於管理警報系統呢？」

「沒辦法查到詳細情況，只能勉強查到大方向。還有，聽說地下室新增了設施。」

「新的設施？做什麼用的？」

「不知道。連清潔人員都禁止進入。據說有直通最上層的電梯，不過那裡有非常精密的人體認證系統，只有極少數人進得去。」

「最重要的機密嗎……居然不是設在『月亮的露珠』，而是設在監獄內部……嗯……」

老鼠陷入深思。

紫苑望著他的側臉。

「老鼠。」

「什麼事？」

「被逮捕是最絕對，也是最簡單的潛入方法，對吧？」

「對，進去是可以進去，但是進去之後，一步也無法自由行動。」

「不可能救出沙布嗎？百分之一的可能性也沒有嗎？」

老鼠突然想到。

他用一種同病相憐的眼神望著紫苑。

「你還不是跟我一樣。你的個人情報，全被他們掌握住了。要是你被抓到，資料一對照，不到一秒鐘，你是逃亡中的一級罪犯，馬上就會被拆穿。運氣好的話，送往單獨房，運氣差的話，可是會被立即處死喔。」

力河不停咳嗽。

借狗人發出巨大的聲響，把椅子往後退。

「逃亡中的一級罪犯？這個天然呆少爺嗎？等等，老鼠，這件事我完全沒聽說哦。」

「因為我沒講。」

無視借狗人跟力河的視線，紫苑緊追著老鼠不放。

一定有，一定有什麼可能性。就算不到百分之一的可能性，就算細如蜘蛛絲的可能性，都必須抓住，不允許絕望。

「被逮捕之後，每個人都會馬上被詳細調查嗎？在被收押之後、救出沙布之前，有沒有辦法躲過資料的核對呢？」

「沒有喔。一被捕，個人資料會全部被調出來核對，連顆痣的位置都逃不掉。而且會被植入ＶＣ晶片。這期間會被當作囚犯約束並監視，一秒都沒有自由活動的時間。」

「沒有例外嗎？」

「沒有例外。一個例外也沒有……」

老鼠突然停住，他的表情如同凍僵了一樣，動也不動。

「老鼠？」

面對突來的沉默，紫苑、借狗人、力河都屏息，下意識地將所有神經集中在耳朵上。

有聲音傳過來了。

「有。」

「啊？」

「只有一個例外。」

紫苑張大眼睛，凝視著燭光下的側臉。

老鼠的嘴唇動了。

「真人狩獵。」

沙啞且低沉的聲音。

借狗人的身體僵硬在椅子上。

力河則是從老鼠身上別開視線，緊握酒瓶。

「真人狩獵？那是什麼？」

紫苑環視三個人的臉，卻沒人回答他。

室內感覺更加漆黑了。

借狗人嘆了一口氣。

夜來了。

NO．6會閃耀著金色光輝，君臨今夜吧。

西區的一角、廢墟的一室，深夜的黑暗中，四個人沉默不語地圍繞在搖曳的火焰旁。

傳來風的聲音。

風悲戚地發出聲音，彷彿在呼喊誰、渴望誰一樣。

而夜籠罩所有。

風呼嘯，燭火搖曳，最後蠟盡成灰。

黑暗中，響起老鼠的喃喃自語。聲音已經不沙啞了。

「真人狩獵……是唯一的例外。」

【未完待續】

這不是為自己辯解

淺野敦子

《未來都市NO.6》第三集，您還滿意嗎？我也不是想在這裡披露創作秘辛，只不過……可以聽我說嗎？

其實，在著手第三集之前，我曾對負責的山影好克編輯下過豪語，我說：「接下來就要潛入監獄了，動作片哦，動作片。」在那當下，我並沒有說謊或虛張聲勢，我是認真的，因為想用文字寫出激烈的動作場景的這種野心，也是促成我寫《未來都市NO.6》這個故事的動機之一。

然而，一旦進入第三集的世界，跟紫苑及老鼠共同生活後，才發現無法隨隨便便地潛入監獄，轟轟烈烈地行動，然後結束。

為什麼而戰？為什麼而愛？為什麼而恨？為什麼而殺……跟著他們的心，一起猶豫、煩惱、嘆息，不知不覺就愈寫愈多。

沒有轟轟烈烈的發展，也沒有解開任何一個謎，甚至連季節也幾乎沒有變化，故事就停在即將進入高潮的地方。不論自己或是別人看我，都覺得我很愛為自己辯解，不過，這次面對讀者「這搞什麼啊」的責難，我想我大概是辯解不出來了吧。

但是，一旦潛入監獄，他們就必須戰鬥了。讓別人流血或自己流血的可能性極高。要是必須要殺誰，或者他們其中一人被殺的話，紫苑他們還能平心靜氣嗎？

這時，不是外在，而是那些年輕的靈魂內在會有極劇烈的改變吧。

該如何接受那樣的事實？該如何下筆？我一面不斷地想，不斷地找答案，一面振筆第三集。

我在報紙上看到一個被稱為恐怖分子的年輕人所說的話，一直無法忘懷。據說，他對自己綁架來的人質這麼說：「要怎麼做，我才能跟你們成為朋友呢？」

我討厭恐怖攻擊，也憎恨戰爭。正因為如此，我更想知道他跟我們之間，到底隔著什麼東西。

自己有這樣的能耐嗎？我非常沒有把握。老實說，我不認為我有。話雖如此，我還是想奮戰看看，《未來都市NO.6》，我這次寫出來的故事，就是我奮戰的一部分。天啊，這聽起來還是在為自己辯解。

當櫻花飛舞的季節來臨時，我想我應該可以將自己奮戰的後續，以及不得不潛入監獄的少年們的故事，化成第四集，獻給大家。那也將是似乎很愛辯解的我，盡全力的奮戰。

最後，我由衷地感謝支持我奮戰，耐心聽我辯解的山影先生，以及三度將《未來都市NO.6》的世界豐富且特異地視覺化的畫家影山徹先生與攝影師北村崇先生。

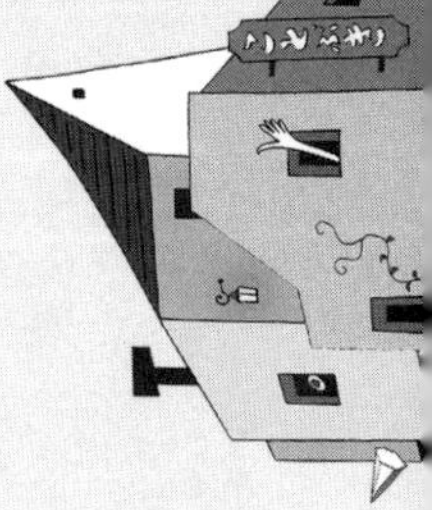

妖怪公寓 4

妖怪アパートの幽雅な日常

香月日輪

佐藤三千彦◎圖

2009年5月～
妖怪公寓
第四彈！

魔法修行升級、
龍先生送的「第三隻眼」……
這才算個像樣的魔法師啊！

放暑假了！看著同學們都興奮地計畫大玩特玩，夕士心裡雖然羨慕得要命，卻只能認命地乖乖修行，因為這可關係到他的性命！

已經踏上魔書使之路的他，使用魔法的同時，生命力也會消減，只有修行才能救他，而且在暑假中，秋音給他的修行還升級了。只是，雖然才小小升了一級而已，夕士每天卻都覺得簡直痛苦得要死，原本已經習慣的「水行」，如今卻變得像地獄！

「我到底為什麼要做這種事啊?!」就在夕士開始對這一切感到懷疑的時候，龍先生給他的「第三隻眼」起了意想不到的功用……

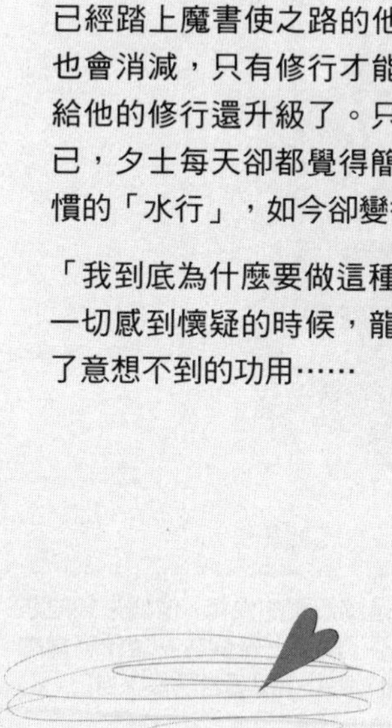

YOUNG AGE小說鮮視界！
YA!
青春滿點！活力滿載！好看滿分！

是誰闖進了誰的世界？
兩個少年的命運，即將正式糾結……

首刷限量附贈:《NO.6》Q版喜怒哀樂表情大頭貼!

未來都市NO.6#2

淺野敦子◎著　SIBYL◎圖

紫苑這個從小生活在NO.6裡、被過度保護、過於天真的少年，像個未知的訪客，大剌剌地闖進了老鼠的世界。紫苑絲毫不了解自己身處在一個什麼樣的險境裡，老鼠所生活的西區不是NO.6，在這裡，他必須學著自己保護自己，必須學著如何生存！
看在紫苑曾經救了自己的份上，老鼠決定幫助紫苑與母親火藍聯絡，並按照火藍所留下的訊息，找到其中提及的神秘地點，為此，他們甚至前往「借狗人」的廢墟飯店尋求協助……但是，老鼠知道，他和紫苑總有一天會站在敵對的立場，為了毀滅與捍衛NO.6這個看似天堂的寄生都市……！

國家圖書館出版品預行編目資料

未來都市NO.6/淺野敦子;SIBYL圖;珂辰譯.
-- 初版.-- 臺北市：皇冠, 2009.03- 面；公分. --
(皇冠叢書;第3836-種 YA！；017-)
譯自：NO.6 # 1-
ISBN 978-957-33-2463-8 (第1冊；平裝) - -
ISBN 978-957-33-2494-2 (第2冊；平裝)
ISBN 978-957-33-2523-9 (第3冊；平裝)

861.57　　　　97015693

皇冠叢書第3836種
YA！017

未來都市NO.6③

NO.6〔ナンバーシックス〕#3

作　　者—淺野敦子
插　　畫—SIBYL
譯　　者—珂辰
發 行 人—平雲
出版發行—皇冠文化出版有限公司
台北市敦化北路120巷50號
電話◎02-27168888
郵撥帳號◎15261516號
皇冠出版社(香港)有限公司
香港上環文咸東街50號寶恒商業中心
23樓2301-3室
電話◎2529-1778　傳真◎2527-0904
印　　務—林佳燕
著作完成日期—2004年
初版一刷日期—2009年03月
初版三刷日期—2015年12月
法律顧問—王惠光律師

如有破損或裝訂錯誤，請寄回本社更換
讀者服務傳真專線◎02-27150507
電腦編號◎515017
ISBN◎978-957-33-2523-9
Printed in Taiwan
本書特價◎新台幣199元/港幣67元